Karin Fossum
Also, von mir aus

SERIE PIPER

Zu diesem Buch

Intelligent, sympathisch, tolerant. Ja, das war er, jedenfalls würde Jonas sich selbst so beschreiben. Ein Wunder eigentlich, daß noch keine Frau die Qualitäten des Mittdreißigers erkannt hatte. Es war nur eine Frage der Zeit, bis ihm die richtige über den Weg lief: Lillian Ask. Lillian war klein, mollig und ein bißchen unsicher. Aber Jonas wollte nicht kleinlich sein, und sie duftete herrlich nach Kaffee und erzählte so fesselnd von ihrer Arbeit als Bohnensortiererin in der Rösterei. Folgerichtig stellte Jonas bald die unvermeidliche Frage: »Willst du mich heiraten?« – »Also, von mir aus«, lautete Lillians lauwarme Antwort. Und das war nur der Anfang ... Die kurze, abgründige, manchmal skurrile Geschichte einer verunglückten Liebe zeigt die norwegische Krimiautorin Karin Fossum von einer ganz neuen Seite.

Karin Fossum, geboren 1954 in Sandefjord / Norwegen, lebt in Sylling bei Oslo. Bevor sie mit Gedichten und Erzählungen ihre Karriere begann, arbeitete sie als Krankenschwester in der Psychiatrie. Nach »Evas Auge« und dem mit dem renommierten Riverton-Preis ausgezeichneten Bestseller »Fremde Blicke« erschienen auf deutsch ihre Romane »Wer hat Angst vorm bösen Wolf«, »Dunkler Schlaf«, »Stumme Schreie« und »Schwarze Sekunden«.

Karin Fossum
Also, von mir aus

Roman

Aus dem Norwegischen von
Gabriele Haefs

Piper München Zürich

Die Übersetzung wurde von NORLA Norwegian Literature Abroad, Oslo, gefördert.

Von Karin Fossum liegen in der Serie Piper vor:

Fremde Blicke (3060)	Evas Auge / Fremde Blicke
Stumme Schreie (3702)	(Doppelband, 4322)
Wer hat Angst vorm bösen Wolf (3857)	Also, von mir aus (4668)
Evas Auge (3859)	Stumme Schreie / Dunkler Schlaf
Dunkler Schlaf (3979)	(Doppelband, 4698)
Schwarze Sekunden (4288)	

Dieses Taschenbuch wurde auf FSC-zertifiziertem Papier gedruckt.
FSC (Forest Stewardship Council) ist eine nichtstaatliche, gemeinnützige Organisation, die sich für eine ökologische und sozialverantwortliche Nutzung der Wälder unserer Erde einsetzt (vgl. Logo auf der Umschlagrückseite).

Ungekürzte Taschenbuchausgabe
März 2006
© 2002 C. W. Cappelens Forlag a.s., Oslo
Titel der norwegischen Originalausgabe:
»Jonas Ekel«
© der deutschsprachigen Ausgabe:
2004 Piper Verlag GmbH, München
Umschlag / Bildredaktion: Büro Hamburg
Heike Dehning, Charlotte Wippermann,
Alke Bücking, Daniel Barthmann
Foto Umschlagvorderseite: Eva Sauer
Foto Umschlagrückseite: Peter Peitsch
Satz: Uhl + Massopust, Aaalen
Papier: Munken Print von Arctic Paper Munkedals AB, Schweden
Druck und Bindung: Clausen & Bosse, Leck
Printed in Germany
ISBN-13: 978-3-492-24668-2
ISBN-10: 3-492-24668-0

www.piper.de

Tore – amico caro.
Quando l'amore cade
noi lo rialzeremo!

Ich halte mich für etwas ganz Besonderes.
So, als wanderte ich in meinem eigenen Licht
umher. Schon als Kind war ich in diesen gewissen
Glanz gehüllt. Nur hat ihn niemand je gesehen.
Das änderte sich erst, als ich erwachsen war und
Lillian Ask kennenlernte.

Ich heiße Jonas Eckel. Dieser Name ist das einzige an meiner Person, das ein wenig Aufsehen erregen kann. Er bringt andere Leute aus der Fas-
sung. Ich stelle mich immer vor mit den Worten:
Mein Name ist Jonas Eckel. Eckel mit ck. Dann
schauen sie auf und kneifen verwirrt die Augen zusammen. So geht es jedes Mal, wenn ich meinen
Namen nennen muß.

Mein Name hat mich immer schon beschäftigt.
Zeitweise ist er mir als Belastung erschienen, so
sehr, daß ich sogar mit dem Gedanken gespielt
habe, ihn zu ändern oder zu verlängern, zum Beispiel zu »Eckelton«. Dann käme man unweigerlich
weg von dem Ekelhaften, das damit verbunden ist,

Eckel zu heißen. Aber das würde mich auch sehr viel Aufmerksamkeit kosten. Sorgt doch mein Name dafür, daß die Leute mich ein zweites Mal ansehen. Und das genieße ich inzwischen. Die Reaktionen folgen verschiedenen Mustern. Manche geben sich alle Mühe, ihr Staunen zu verbergen, andere starren mich unverhohlen an. Einige wenige zucken nicht mit der Wimper. Was ich als Beleidigung auffasse. Ich bin etwas Besonderes, und das sollen die Leute gefälligst sehen.

Nach außen hin bin ich beherrscht, leise und korrekt. Aber ich kann auch Leidenschaft entwickeln. Zum Beispiel ist mir das mit meiner Frau passiert. Jedenfalls in der ersten Zeit. Im Sommer sind wir in Urlaub gefahren. Wir haben in einem einfachen, aber gemütlichen Hotel gewohnt. Unsere Reise dauerte eine Woche. Tagsüber war es arg heiß, über dreißig Grad, abends jedoch, wenn der Atlantik über den Strand spülte, wurde die Luft mild und angenehm. Ich kann mich an den letzten Abend erinnern. Sie saß auf dem Balkon und trank. Ich saß ans Kopfteil des Bettes gelehnt auf der Decke und las.

Die ganze Zeit sah ich draußen auf dem Balkon die Gestalt meiner Frau. Sie war sonnenbraun und in Gedanken weit weg, und sie war reichlich angetrunken. Ab und zu mußte sie aufstoßen. Sie hatte ihre dunklen Haare oben auf dem Kopf zusammengebunden, und mir fiel auf, daß ihr Nacken noch ganz weiß war. Zu hören waren nur das Rauschen des Atlantiks und das Klirren des Glases, wenn meine Frau es auf den Tisch stellte. Dazu leise Musik aus dem benachbarten Hotel. Daran kann ich mich am besten erinnern. An ihre Schulter, rosa und glühend heiß nach vielen Stunden in der Sonne. An ihren Hinterkopf und den weißen Nacken. An ihre Hand mit dem Likörglas. An ihren Körper, schwer und in sich zusammengesunken im Sessel.

So kannst du nicht sitzen, dachte ich. Es ist doch mitten in der Nacht. Unser Flugzeug geht um sieben, wir müssen früh hoch.

Deshalb ging ich leise hinaus auf den Balkon.

Ich wurde im Jahre 1962 in Sandefjord geboren. Wir wohnten ein Stück vom Meer entfernt, aber doch so nahe, daß wir als Kinder und später als Teenager oft in die Stadt und zum Hafen fuhren. Ich war vom Meer zutiefst fasziniert. Die Tatsache, daß Wasser keine Farbe hat, sondern einfach den Himmel widerspiegelt, beschäftigte mich sehr. Nachts, in der Dunkelheit, war es überhaupt nicht zu sehen, man ahnte es nur als einen geheimnisvollen Abgrund. Das Meer konnte blau und verführerisch locken, es konnte gegen die Hafenmauern dröhnen oder wie Silber glitzern. Ich bekam es niemals über, das Meer anzuschauen.

Meine Eltern waren wohlmeinende, aber unbeholfene Menschen, die sich vor allem für Äußerlichkeiten wie Anstand und gute Manieren interessierten. Sie wandten sich mir niemals unmittelbar zu. Ich kann mich nicht erinnern, daß mein Vater mir jemals mit ausgestreckten Armen entgegengekommen wäre und gesagt hätte: Na komm, mein Junge, jetzt gehen wir angeln. Oder: Jetzt schnappen wir uns unsere Skier und gehen in den Wald. Er griff nur ein, wenn er etwas korrigieren mußte. Er vertiefte sich in mein Zeugnis und nickte widerwillig. Mein Zeugnis war durchaus nicht schlecht, aber dazu sagte er nichts. Meine Mutter konzentrierte sich auf das Haus und sorgte sehr gut für alles Praktische. Liebevoll war sie nicht, vielleicht hatte sie das nie gelernt. Für sie zählten vor allem Ordnung und Sauberkeit. Dabei gab sie niemals etwas zu. Keine Plagen, keine Schwächen, keine Freude, keine Liebe zu mir. Ich war ihr einziges Kind.

Und ich verfügte über eine besondere Fähigkeit. Wenn ich einen Raum betrat, wurde alles darin überdeutlich. Alle Gesichter, alle kleinen Bewegungen. Das Zittern eines Augenlides, eine Zunge, die für einen Moment in einem Mund zu sehen war. Wie eine Laterne konnte ich noch den letzten Winkel bloßlegen. Eine dünne Staubschicht auf einem

Möbelstück, einen Fingerabdruck auf einem Spiegel. Abends einzuschlafen fiel mir schwer, ich hatte das Gefühl zu erlöschen.

Unser Haus war klein und ordentlich. Mein Zimmer war ein Schlafzimmer, tagsüber durfte ich mich dort nicht aufhalten. Hatte ich das Bett morgens verlassen, wurde es sofort für die nächste Nacht zurechtgemacht. Inzwischen sind sie tot, meine Eltern. Abgesehen von dem Haus, das ich verkauft habe, haben sie nichts hinterlassen. Keine Trauer und keine Sehnsucht. Und auch keine Erleichterung. Keine guten Erinnerungen, mit einer Ausnahme. In einem Sommer waren wir in Griechenland. Das Meer war warm, der Sand fein wie Puder. Mutter saß im Badeanzug am Strand, damals sah ich zum ersten Mal ihren ganzen Körper. Sie war goldbraun. Vater schlief im Schatten eines Baumes. Ich stand im Wasser und musterte sie aus der Ferne. Ich war noch nicht alt, vielleicht dreizehn. Mutter ohne Kleid und ohne Schürze, Vater ohne Overall. Halb nackt, fast überexponiert an dem weißen Strand. Ich habe sie nie wieder so deutlich gesehen.

Ich arbeite draußen in Sandvika bei Tybring-Gjedde. Seit elf Jahren bin ich dort. Vor einiger Zeit ist mir die Oberaufsicht über den Warenbestand übertragen worden. Und das ist keine Kleinigkeit. Wir verkaufen alles mögliche. Spielzeug und Sportartikel, Taschen und Koffer, Kerzen und Servietten, Tassen und Töpfe, vor allem aber Bürobedarf. In der Eile fällt mir einfach nichts ein, was es bei uns nicht gäbe. Wir haben sogar Kekse und Schokolade. Ganz zu schweigen von allem, was aus China, Korea und Taiwan über uns hereinbricht. Weihnachtsmänner und Engel und Weihnachtspapier tauchen bereits Anfang August auf, wenn die Damen während der Mittagspause noch draußen vor der Sonnenwand sitzen. Es liegt auf der Hand, daß man als Lagerchef bei Tybring-Gjedde nicht sonderlich gut verdient. Trotzdem bin ich nie auf die Idee gekommen, mir eine besser bezahlte Stelle zu suchen. Ich habe Sinn für Sicherheit und Kontinuität, und die Kollegen sind wirklich sympathisch. Arvid zum Beispiel, und Steinar. Und der Chef selbst, Ragnar. Er sitzt hinter einer Glaswand und nickt jedes Mal, wenn wir vorüberkommen. Jeden Morgen um Punkt acht machen wir auf. Da sitzen die Leute schon in ihren Autos und warten. Sie wollen den Laden stürmen und zu einfach unglaublichen Preisen einkaufen. Die Mehrwertsteuer wird an der Kasse draufgeschlagen. Das wissen sie natürlich, die meisten jedenfalls, aber es hält sie nicht ab. Auf diesem Taschenrechner steht doch wirklich 9,95, denken sie. Das ist ja wahnsinnig billig. Manche rechnen den vollen Preis im Kopf aus – mit wechselndem Glück. Wenn der Einkaufswagen voll ist und sie endlich an die Kasse kommen, leuchtet die Endsumme im Display rot auf. Viele stehen extra breitbeinig da, um nicht aus dem Gleichgewicht zu geraten.

Ich fühle mich außerordentlich wohl bei dieser Arbeit. Wenn ich überhaupt über etwas klagen kann, dann ist es der schreckliche Streß zwischen Weihnachten und Neujahr. Die Inventur. Arvid und Steinar und Ragnar, der Chef, sind alle verheiratet und haben Kinder. Das gilt auch für die Damen von der Kasse. Die geschäftige Åse, die von sich überzeugte Evy und die wirrköpfige Kitty. Ich selbst war Junggeselle. Damit hatten die anderen sich abgefunden. Deshalb gab es, als ich plötzlich mit einer Frau gesichtet wurde, allerlei Getuschel. Aber nichts wirklich Boshaftes, das kann ich nun doch nicht behaupten. Im Grunde nahmen sie alle rege Anteil. Ihre eigenen Ehen lahmten, alles war langweilig geworden. Und nun lag eine gewisse Spannung in der Luft. Meine Verliebtheit ließ sich nicht verbergen. Ich bin keiner, der sich deshalb in Schale wirft oder sich eine neue Frisur zulegt. Aber das Licht, das mich immer schon umgeben hatte, schien jetzt für alle sichtbar zu werden. Es war auch hohe Zeit. Wenn ich ehrlich bin, muß ich mich als ziemlich unscheinbar bezeichnen. Mittelgroß, ein wenig schüttere Haare, gekleidet in einen alten Lagerkittel. Wenn man das Licht, das mich umgibt, nicht sieht, bleibt nicht viel übrig. Ich möchte hinzufügen, daß ich überaus ordent-

13

lich bin und immer den Überblick behalte. So nehme ich praktisch nie die Brille ab, ohne sie gleich in ihr Etui zu stecken. Die Brille hat damals fast fünftausend Kronen gekostet, und die Gläser haben noch keinen einzigen Kratzer. Ich trage hellblaue Hemden. Die erregen keinen Anstoß und passen zu allem. Finanziell gesehen bin ich durchaus tüchtig. Nicht kleinlich, in keiner Hinsicht geizig, aber ich halte eben gern Ordnung. Mit Zahlen konnte ich immer schon gut umgehen.

Von meiner Frau ließ sich das alles nicht sagen. Geld war für sie wie Süßigkeiten, die augenblicklich verzehrt werden müssen. Es brannte ihr in den Taschen, es ließ ihre Wangen glühen. Ich brauche wohl nicht zu erklären, wieso das zu Problemen führte, nachdem wir geheiratet hatten und gewissermaßen gemeinsam wirtschaften sollten. Auch sie verdiente nicht viel, sie arbeitete in der Kaffeerösterei Larsson. Das war eins der Dinge, die dazu führten, daß ich mich in sie verliebte. Wenn sie von der Arbeit kam, war sie in einen wundervollen Kaffeeduft gehüllt; er haftete an ihrer Haut, ihren Haaren, ihren Kleidern. Viel konnte sie mir nicht beibringen, aber in die Kunst, die das Kaffeerösten nun einmal ist, führte sie mich ein. Die Spannung jedes Mal, wenn nach dem Rösten gekostet wird. Eine einzige bittere Bohne, erklärte meine Frau dramatisch, könne viele Kilo Kaffee

ruinieren und der Rösterei herbe Verluste ein-
tragen. Alle liefen umher und schnupperten, behauptete sie, witterten und suchten nach der tücki-
schen einen bitteren Bohne. Forschten, ob sich
eine in den Sack eingeschlichen habe, ein wenig
dunkler als die anderen oder heller, sie scheuten
vor keiner Tarnung zurück, diese bitteren Bohnen, egal, wie sorgfältig sortiert worden war. Und
manchmal fanden sie eine. Dann kam sie mit
Trauermiene von der Arbeit; sie wußte eben, wie
sie möglichst viel aus sich machen konnte, meine
liebe Frau. Anfangs. Später ließ sie sich nicht mehr
dazu herab. Später gab sie auf und verschwand in
sich selbst.

So kam sie in mein Leben:
Ich stand im Lager. War mit einer Partie Balstad-
Kerzen beschäftigt. Es fehlten zwei Farben, Wein-
rot und Grün. Diese Entdeckung hatte ich soeben
gemacht; ich stand ganz hinten am Tisch, beugte
mich über einen Stapel Papiere und hörte aus der
Ferne Arvid mit dem Gabelstapler umherfahren.
Steinar schnitt mit einem Tapetenmesser Kartons
auf. Ritsch, ratsch, ging das, ritsch, ratsch. Gefolgt
von dem schnarrenden Geräusch, mit dem er die
Klappen ausstülpte. Und dann konnte man die
Herrlichkeit besichtigen. Das war immer von
neuem spannend. Es konnte sich um Porzellanfi-
guren handeln oder um Taschenlampen von Phi-

lips. Um dicke Fausthandschuhe oder Lampenschirme. Um Kulturtaschen oder Kaffeekessel. Bei jedem neuen Karton kam eine gewisse Spannung auf. Ich würde unser Lager durchaus als Schatzkammer bezeichnen. Wie mögen in diesem Jahr wohl die Weihnachtsmänner aussehen? Und welches Muster werden die Tischdecken haben, die Bettwäsche, das Briefpapier? Inmitten der vertrauten Geräusche hörte ich Schritte klappern. Es kam vor, daß eine von den Kassendamen auftauchte, um etwas zu holen. Aber das hier hörte sich anders an. Es waren die leichten, zögernden Schritte einer Fremden. Einwandfrei die einer Frau. Ich stand mit dem Rücken zu ihr und horchte. Hielt die Luft an und dehnte den Moment aus. Steinars Messer hatte seine methodische Arbeit unterbrochen. Arvid stoppte den Gabelstapler und wartete. Und nun erschien eine Frau. Sie schaute ängstlich nach links und rechts, ohne Orientierung in dem großen Lagerraum, aber sie ging immer weiter. Sie hielt etwas in der Hand. Vermutlich hatte Ragnar, der Chef selbst, sie zu uns geschickt, weil sie Hilfe brauchte. Da kam sie also. Mit einem Kerzenleuchter in der ausgestreckten Hand. Ich richtete mich mit wichtiger Miene auf. Ich überstürze nichts, ich bin keiner, der einfach so seine Maske fallen läßt, das halte ich für eine wichtige Eigenschaft. Aber in jenem Moment schnappte ich nach Luft. Sie war dunkel und mollig, mit weißer Stirn und runden, roten Wangen. Alles an ihr wölbte sich, Schultern und Busen. Sie hatte einen kurzen Mantel an und Stiefel, die bis zu den Knien reichten. Ihr Mantel war nicht zugeknöpft. Darunter trug sie einen aus flauschiger Wolle gestrickten hellblauen Pullover. Sie hat doch einiges von Schneewittchen an sich, dachte ich bei diesem ersten Mal. Ihre Haare waren leicht gewellt. Halb lang und von einer schönen Farbe, die mich an dunkle Schokolade erinnerte. Ihre Lippen waren voll und rosa. Ihre Augen groß und rund, aber die Farbe konnte ich nicht erkennen, nicht sofort. In diesen ersten Sekunden mußte ich auf so vieles reagieren. Und es war gerade der Kerzenhalter in ihrer Hand, der das Gesamtbild so rührend machte. Er war aus Porzellan, vielleicht dreißig Zentimeter hoch, und stellte einen knienden Engel mit gefalteten Händen dar. Zwischen die Hände wurde die Kerze gesteckt. Ich habe ja keinen besonderen Sinn für Nippesfiguren, aber eine Frau ist eben eine Frau, dachte ich, und dies war zu allem Überfluß auch noch eine bittende Frau.

Sie sagte: Ich brauche eine hellblaue Kerze für diesen Engel. Draußen im Laden finde ich einfach keine. Könnten Sie mir wohl hellblaue Kerzen heraussuchen?

Ihre Stimme war sehr hoch und wies ein kleines, verlegenes Zittern auf. Der Engel trug ein weißes Kleid mit einem hellblauen Band um die Taille.

Eine hellblaue Kerze würde sehr gut dazu passen, auch wenn ich selbst mich für eine andere Farbe entschieden hätte, eben um der Figur etwas von dieser geballten Niedlichkeit zu nehmen. Ich hätte weiße Kerzen genommen oder notfalls dunkelblaue. Aber ich sagte nichts. Die Kundin hat immer recht, und es war meine Aufgabe, ihr zu helfen. Ich nickte bedächtig und ging in Gedanken unseren Warenbestand durch. Ich wußte sehr gut, wo die Kerzen lagen, nur wenige Schritte von uns entfernt und auch nicht besonders hoch oben in den Regalen. Da genügte die kurze Trittleiter mit den vier Sprossen. Und dann brauchte ich nur noch die Etiketten zu lesen. Die Farbe war jeweils auf einem Klebezettel angegeben. Ich fand die hellblauen, stieg die Leiter wieder hinunter und reichte ihr eine Schachtel.

Wie viele Kerzen sind denn in so einer Packung? fragte sie.

Ich sagte: Acht Stück. Sie sind dicker und länger als die gängigen. Sie müssen unten ein wenig zurechtgeschnitten werden. Aber das ist ja wohl kein Problem.

Ihr runder Körper verströmte Wärme, der Duft von Seife umgab sie, aber ich blieb einfach stehen. Überaus höflich und ganz und gar korrekt. Schließlich verfüge ich über Manieren und Würde. Doch zugleich spürte ich, daß etwas geschah. Meine Fingerspitzen prickelten.

Sie wollte die Farbe sehen. Hellblau kann so viel bedeuten, da mußte ich ihr recht geben. Sie öffnete die Schachtel. Die Kerzen waren babyblau. Genau diesen Farbton hatte sie offenbar gesucht. Sie bedankte sich und schaute mir in die Augen. Und da sah ich, daß ihre grün waren. Nicht blaugrün oder grünlich, sondern tiefgrün wie Flaschenscherben. Dazu lächelte sie ein kurzes, kindliches Lächeln. Ich bin ganz sicher, daß es in diesem Moment zwischen uns funkte. Denn jetzt war sie sehr dicht bei mir, und zum ersten Mal nahm ich den wunderbaren Kaffeeduft wahr. Da stand ich, in das bereits erwähnte eigene Licht getaucht, und dachte, das sieht sie also. Ich streckte mich und ließ mein Licht leuchten. Eine warme Welle rauschte durch meinen Körper. Schließlich machte sie auf dem Absatz kehrt und ging. Innerhalb von Sekunden war alles vorüber.

Ich war nicht verzweifelt, ich litt durchaus nicht bei dem Gedanken, daß sie nun das Lager verließ und zwischen den Regalen verschwand. Ich wußte, daß sie zurückkommen würde. Ich bin nämlich überaus intuitiv. Deshalb zog ich eine Nagelfeile aus der Kitteltasche und machte mich daran, meine Nägel zu reinigen. Sie werden bei der Arbeit immer sehr schmutzig. Es dauerte ungefähr dreißig Sekunden, dann hörte ich die Schritte ein weiteres Mal, rasch und leicht klapperten sie über den Boden. Ihr war eingefallen, daß es Unsinn sei, nur eine Schachtel mitzunehmen. Eine Kerze hält gerade mal einen Abend, sagte sie, und nach einer Woche ist die Schachtel leer.

Doch, sagte ich, ganz richtig gedacht. Wieder stieg ich auf die Trittleiter. Ich hob einen ganzen Karton mit hellblauen Kerzen aus dem Regal. Er wog nicht wenig, Stearin ist schwer. Ich sah sie an und überlegte. Ob sie wohl ein Auto hatte? Das hatte sie nicht, sie war mit dem Bus gekommen. Ich fragte nach ihrer Adresse. Im Månevei, sagte sie. In den Blocks da oben. Ich erklärte wahrheitsgemäß, daß ich in Kolsås wohnte. Und daß ich die Kerzen gern nach Feierabend bei ihr vorbeibringen würde. Ich liefere sie Ihnen ins Haus, sagte ich. Wir arbeiten hier bis acht. Und dann brauchen wir noch ein Weilchen, um das Chaos zu beseitigen, das die Kundschaft hinterlassen hat.

Wieder bedankte sie sich. Ich riß den Strichcode von dem Karton und klebte ihn auf ein Stück Pappe, das ich von einer Schachtel abschnitt. Den können Sie an der Kasse vorlegen, sagte ich. Beim Bezahlen. Die Kerzen werden heute abend geliefert. So gegen halb neun.

Es war mir wichtig, galant zu sein, aber zugleich wollte ich deutlich machen, daß ich hier einen belanglosen und selbstverständlichen Service anbot.

Ich wohne in Nummer sechs, sagte sie. Im dritten Stock. Ask. Dann trippelte sie über den Steinboden davon.

Da ist doch im wahrsten Sinne des Wortes ein Engel durch den Raum geschwebt, sagte Arvid oben auf dem Gabelstapler und lachte. Ihm war nichts entgangen. Ich lächelte nachsichtig. Stellte den Karton mit den Kerzen auf den Tisch. Klebte ihn besonders sorgfältig zu und wickelte ihn in Papier, sozusagen zum Spaß. Es sah fast aus wie ein Geschenk. Für den Rest dieses Arbeitstages war ich nicht ganz ich selbst. Ich rechnete mit nichts, schon gar nicht rechnete ich damit, daß aus dieser Frau und mir ein Paar werden könnte, daß wir zusammenziehen und später heiraten würden. Es gibt nicht viele Frauen, die ich interessant finde. Und das Ganze war so einfach gewesen. Trotzdem ging ich kurz zur Toilette, ehe ich mich in meinen Mazda setzte. Ich kämmte mich und vergewisserte mich, daß meine Brille sauber war. Außerdem reinigte ich meine Nägel ein weiteres Mal. Unter dem Kittel trug ich ein sauberes Hemd. Es war hellblau wie ihr Pullover. Ich klemmte mir den Karton mit den Kerzen unter den Arm, warf mir die Jacke lässig über die Schultern und ging zum Wagen. Ich war eben erst achtunddreißig geworden. Und in meinem ganzen Leben war ich einem Rendezvous noch nicht so nahe gekommen.

Als ich im Auto saß, ein wenig aufgeregt, versuchte ich, mich an ihre Kleidung zu erinnern. Ich war gespannt, ob sie zu meinen Ehren vielleicht etwas anderes, etwas Vorteilhafteres angezogen hatte. Denn zwischen uns hatte es gefunkt, in diesem Punkt gab es keinen Zweifel. Ich versuchte mir ihr Bild vor Augen zu rufen. Den grauen Mantel, den hellblauen Pullover. Zwischen Rocksaum und Stiefeln sah ich ihre Knie wie zwei runde Brote aus gut aufgegangenem Teig. Ja, sie war mollig. Und ich war mehr als weitsichtig genug, folgenden Schluß daraus zu ziehen: In späteren Jahren würde sie dicker werden. Sie war von der Sorte, die mit Gewichtsproblemen zu kämpfen hat. Doch davon ließ ich mich nicht anfechten, so kleinlich bin ich nicht. Bei Kjørbokollen bog ich nach rechts ab. Jetzt ist sie gerade richtig, dachte ich, und ich treffe sie schließlich jetzt. Endlich stand ich vor ihrer Tür. »Lillian Ask« stand auf dem Schild. Wie hätte sie auch sonst heißen sollen? Nicht Grethe oder Lise oder Marit. Lillian. Wie selbstverständlich, wie absolut passend für sie. Mich erfaßte eine heftige Spannung. Da erschien sie in der Tür, gekleidet in eine schwarze Hose mit weiten Beinen und eine dünne, durchsichtige Bluse. Die Bluse hatte die gleiche Farbe wie ihre Augen, und durch den Stoff hindurch konnte ich den schwarzen Büstenhalter sehen. Ihr Busen war hoch, er wölbte sich über den Körbchen. Sie nahm den Karton entgegen und bedankte sich. Dann blieben wir stehen und sahen einander an.

Möchtest du eine Tasse Kaffee? fragte Lillian Ask.

Ich lächelte und nahm das Angebot dankend an. Das Wunder war geschehen. Sie hatte die Tür sperrangelweit geöffnet. Zum ersten Mal betrat ich Lillians Küche. Ich saß an ihrem runden Küchentisch und beobachtete sie begeistert, während sie eine Tüte Kaffeebohnen öffnete und die Bohnen in eine elektrische Mühle schüttete. Ich hatte in meinem ganzen Leben noch niemanden auf diese Weise Kaffee kochen sehen, hatte noch nie den intensiven Duft wahrgenommen, der entsteht, wenn Bohnen gemahlen werden, in einer warmen Küche. Ich bin keiner, der die Osloer Cafés frequentiert. Aber der Duft, der sich in der Küche im Månevei verbreitete, ihre runden Schultern, während sie eifrig arbeitete, und danach das Sickern des kochenden, kristallklaren Wassers durch den frisch gemahlenen Kaffee, das alles erschien mir als Offenbarung. Ich fand es überaus exotisch. Die Wohnung war typisch weiblich, mit vielen Kissen und Nippes. Alles sauber und ordentlich. Ich schätzte Lillian auf Mitte Dreißig. Wir saßen an ihrem Tisch und tranken den frisch aufgebrühten Kaffee, wobei ich leicht und locker Konversation machte, eine meiner leichtesten Übungen. Mir ging durch den Kopf, daß ich vielleicht Lust haben könnte, diese Frau zu umwerben. Sie trug keinen Ring am Finger. So weit das Auge reichte, war kein Kind zu sehen, die Wohnung enthielt weder Puppe noch Spielzeugauto. Lillian war ganz einfach ledig. Und sie hatte mich in ihre Küche gelassen. Kaum hatte ich diesen Gedanken gedacht, erhob sie sich und holte eine Flasche Likör. Sie sagte, du fährst ja, da darfst du vielleicht nichts trinken. Der Likör war gelb und floß dick und süß in ein geräumiges Glas. Schon damals hätte ich mir mein Teil denken sollen. Aber sie war doch ein erwachsener Mensch. Welches Recht hätte ich gehabt, ihre Angewohnheiten zu kritisieren? Ich selbst habe auch so meine Angewohnheiten. Zum Beispiel trinke ich abends ab und zu einen Cognac. Also sagte ich nichts. Ich war im Begriff, von ihr hingerissen zu sein. Sie sprach rasch und hektisch, sie drückte sich nicht gerade geschliffen aus, sie war nicht übermäßig präzise. Aber sie legte sich ins Zeug. Sie zwitscherte fast wie ein Vogel. Und mir ging es doch nicht um Wortklauberei. Ich suchte keine Diskussionsgegnerin, ich suchte weibliche Gesellschaft.

Ich blieb nicht sehr lange bei ihr sitzen. Ich wollte sie an diesem ersten Abend nicht belagern. Die ganze Zeit über blieb ich reserviert, höflich und aufmerksam, denn ich wußte, daß der große Test noch bevorstand. Ich mußte mit ihr ausgehen. Und mich, wenn ich sie einlud, vorstellen. Was für eine Sorte Frau war Lillian Ask? Wie würde sie reagieren? Ergriffen von der packenden Situation, von dem köstlichen Kaffee, von Lillian selbst, verspürte ich eine gewisse Nervosität. Langsam beugte ich mich über den Tisch und streckte die Hand aus.

Übrigens, sagte ich. Mein Name ist Jonas Eckel. Eckel mit ck.

Sie hatte eben einen Schluck Likör getrunken. Jetzt kniff sie die Augen zusammen und stellte das Glas hin. In ihrer Kehle war ein leises Glucksen zu hören.

Ach ja? fragte sie und lächelte verwirrt. Als brauche sie Zeit, um den Namen mit dem anderen, ekelhaften Wort in Verbindung zu bringen.

Mit ck, wiederholte ich, nahm die Hand, die sie nun endlich erhob, und hatte das Gefühl, ein nur halb gebackenes Brötchen zu umfassen.

Bist du Ausländer? fragte sie, leise Hoffnung in der Stimme.

Hier hätte ich mir eine exotische Herkunft andichten können. Oder doch jedenfalls vielleicht eine deutsche. Aber ich habe eine viel zu hohe Moral, um einer schönen Frau ins Gesicht zu lügen. Und ich war weitsichtig genug, daran zu denken, daß solche Lügen entlarvt werden können.

Nein, sagte ich, aber mein Großvater war Schwede. Und so heißen nicht viele.

Es gefiel ihr, daß ich einen seltenen Namen hatte.

Ask, Esche, gibt's ja auch nicht gerade oft, sagte sie lächelnd. So wenig wie Birke.

Wir lachten ein herzliches und verständnisinni-

ges Lachen, und ich packte die Gelegenheit gierig
beim Schopf.

Wir könnten doch irgendwann mal abends ins
Kino gehen, sagte ich leichthin und bemühte
mich um einen möglichst gleichgültigen Gesichtsausdruck. Sie zuckte mit den Schultern und starrte
die Tischplatte an, als sie antwortete.

Also, von mir aus, sagte sie.

Ich betrachtete ihre grünen Augen, ihre Wangen, die jetzt, durch den Likör, noch röter waren.
Sie ist wirklich nicht kleinlich, dachte ich. Sie war
bereit, einen Liebhaber mit dem ungewöhnlichen
Namen Eckel in Betracht zu ziehen. Aber ich will
nicht übertreiben. Als wir heirateten, behielt sie
ihren eigenen Namen.

Ich verließ Lillians warme Küche als neuer
Mann. Ich war größer, stärker, schlanker. Ich hatte
Gewicht. Alles um mich her nahm Konturen an,
mein Blick war scharf wie der eines Adlers, auf dem
Heimweg entging mir nicht ein einziges Detail. Ich
spürte meinen Körper, der plötzlich wirklich zu
meinem wurde, wie nach einer langen Trennung.
Ich spürte meine Haltung, mein Gewicht, spürte,
daß ich mich von meiner Umgebung abhob, daß
ich nicht zu übersehen war. Ich spürte meine her-
vorragende körperliche Gesundheit, meine Ruhe.
Und ich gewann einen Ausblick auf den Rest meines Lebens, der einfach schwindelerregend war.
Ich spürte, wie die Pläne Gestalt annahmen. Etwas

fing an, von meinen Zehen her nach oben zu perlen. Da, Jonas, sagte ich mir, da ist es endlich passiert. Da bist du von einer Welle erfaßt worden. Jetzt bist du draußen auf See. Nun mußt du Segel setzen.

Als Junge war ich ordentlich, wohlerzogen und reinlich. Dafür sorgte meine Mutter. Ziemlich bald bekam ich den Spitznamen »artig«, was vielen in Verbindung mit meinem Nachnamen sehr witzig vorkam. Wenn es um Mädchen ging, war ich zurückhaltend. Diese schwänzelnden, kichernden Wesen machten auf mich einen starken Eindruck. Ihre Mischung aus Versprechen und Geiz verwirrte mich. Ich ging ihnen aus dem Weg. Außerdem fühlte ich mich in meiner eigenen Gesellschaft sehr wohl. Als mir dann endlich Lillian begegnete, besaß ich auf erotischem Gebiet noch immer keinerlei Erfahrung. Abgesehen von den Dingen, die man auch allein erledigen kann. Ich hatte jedoch eine gewisse Vorstellung davon, wie man sich beim Zusammensein mit einer Frau verhält, Bücher hatte ich immerhin gelesen. So unbedingt wollte ich meine Unerfahrenheit verbergen, daß ich mich mit einem unnötigen Grad von Wildheit über sie hermachte. Ich hatte nämlich den Eindruck gewonnen, daß es so vor sich zu gehen hat, ich sehe mir ja häufiger Videos an, und ich wollte kein Gefummel. Trotzdem lief es nicht ganz schlecht, so wie ich das im nachhinein sehe, und sie beklagte sich auch nicht. Nach einigen Wochen mit Lillian hatte ich mehr erlebt als in all den Jahren davor. Mein Status hob sich gewaltig, ich war nicht länger einfach ein alleinstehender Lagerverwalter. So oft wie möglich, ja fast in jeglichem Zusammenhang, erwähnte ich Lillian. Oft in einem eher belanglosen Nebensatz, zum Beispiel, wenn ich mich bei der Arbeit mit Arvid und Steinar unterhielt. Ich sagte: »Lillian hat neulich gesagt« oder »Lillian schaut heute abend vorbei«, um zu betonen, daß ich nun endlich eine Freundin hatte. Ich hatte lange gewartet, na gut. Ich bin ein geduldiger Mann. Zu mir paßt eben nicht jede hergelaufene Frau. Und das machte ich deutlich, wenn die Kollegen Sprüche brachten wie: »Na, das wurde aber auch Zeit.«

Lillian und ich gingen aus. Ins Kino und ins Café. Wir saßen abends bei ihr im Månevei oder in meiner Wohnung in Kolsås. Ziemlich rasch dachte ich an den Heiratsantrag. Natürlich würde ich ihr einen Heiratsantrag machen, etwas anderes kam gar nicht in Frage.

Wir paßten gut zusammen. Sie war munter und gesprächig und eifrig. Rund und rosa und wunderbar. Hilflos war sie, bei Diskussionen konnte sie mir meistens nicht lange folgen. Oft stotterte sie dann nur noch herum. Argumente hatte sie nicht. Sie war wie ein Kind, sie beharrte auf ihrem Standpunkt. Bald übernahm ich eine väterliche Rolle, und das gefiel ihr. Sie kicherte noch mehr, wurde noch verlockender und wunderbarer. Nichts fand ich schöner, als mit ihr durch die Stadt zu gehen und mich in den großen Schaufenstern zu spiegeln. Ich im gediegenen Mantel, den Arm um Lillian gelegt. Ein richtig schönes Paar. Ab und zu registrierte ich, daß wir angeschaut wurden, wenn wir eng umschlungen dahinschlenderten. Die Leute sahen uns häufiger an, als sie mich in der Zeit angesehen hatten, in der ich allein gewesen war. Mein Licht, das Licht, das mich immer umgeben hat, war plötzlich deutlicher. Lillian und ich, dachte ich, denn es war mir unmöglich geworden, nur an mich als einzelne Person zu denken. Gerade, daß wir zu zweit waren, zwei Menschen, die alles zusammen machten, war ein so starkes Erlebnis, daß es mich ganz und gar erfüllte. Wenn ich in die Zukunft starrte, dann sah ich Lillian und mich. Zusammen, immer. Zusammen bei allem und jedem. Am Tisch, vor dem Fernseher und im Bett.

Nicht viele Frauen waren in mich verliebt gewesen, falls das überhaupt jemals vorgekommen war. Aber ich war ganz sicher, daß es bei Lillian der Fall war. Sie sah mich zwar niemals richtig an. Sie schaute mir niemals tief in die Augen, wie man das aus Hollywoodfilmen kennt. Sie blickte zu Boden und lachte schelmisch, oder sie starrte in eine andere Richtung, oder sie schloß die Augen ganz einfach. Sogar im Bett schloß sie die Augen. Ich hielt das für die reine, pure Verlegenheit. Es konnte aber auch vorkommen, daß ich den schlimmsten Verdacht hegte. Nämlich den, daß sie überhaupt nicht in mich verliebt war.

Nun galt es, unsere Beziehung offiziell zu machen. Es gab keinen Grund, Zeit zu vergeuden; ich hatte vor, das Eisen zu schmieden, solange es heiß war. Nicht, daß ich es für eine Selbstverständlichkeit gehalten hätte. Die Möglichkeit, daß sie nein sagen oder um Bedenkzeit bitten könnte, war absolut gegeben. Vielleicht wollte sie auch auf Formalitäten verzichten und einfach so mit mir zusammenleben. Eine solche Lösung aber war für mich unvorstellbar. Wenn wir eine Verbindung eingingen, dann sollte sie in jeglicher Hinsicht korrekt sein. Das Verpflichtende, das mit den Papieren einhergeht, sprach mich gerade an. Ich dachte vernünftig. Ich dachte an Steuererklärung, an Rechte und Erbschaft. Lillian dachte nie an solche Dinge.

Ich entschied mich für einen Samstag. Wenn man einer Frau einen Antrag machen will, dann ist Samstag die absolut erste Wahl. Schon am Freitag davor hatte ich etwas angedeutet. Hatte sie Weitsicht und Intuition, dann würde ihr ein Verdacht kommen und sie würde sich vorbereiten. So, daß ihre Kleidung dem Anlaß entsprach und ihre Antwort bereits wohldurchdacht sein würde.

Wir wollen uns mal etwas besonders Gutes gönnen, sagte ich. Gehen wir doch ins Grand.

Den Antrag mußte ich ihr doch in der Hauptstadt machen. Einen solchen Antrag macht man nur ein einziges Mal im Leben, da sollte der Rahmen auch sorgfältig gewählt sein. Ich kam so gut wie nie in die Stadt, aber ich wußte doch, daß ich einen Tisch bestellen mußte. Ich bat um einen besonders guten Tisch, es sei nämlich ein wichtiger Anlaß. Der Mann im Grand behauptete, sie hätten nur gute Tische. Ich fand das eigentlich unverschämt. Das Grand mochte ja durchaus eins von Norwegens besten und traditionsreichsten Lokalen sein, aber ich war doch der Meinung, daß meine Bestellung größere Aufmerksamkeit verdient hätte. Aber wie gesagt, ich bestellte einen Tisch für zwei Personen und mußte am Telefon meinen Namen nennen.

Jonas Eckel, sagte ich deutlich. Eckel mit ck.

Am anderen Ende der Leitung wurde es still. Daran war ich gewöhnt, und es bereitete mir sogar ein gewisses Vergnügen, daß er jetzt Stoff zum Nachdenken hatte. Schließlich hörte ich ihn murmeln, die Bestellung sei gebucht. Und danach war die große Frage: Jacke und Hose oder Anzug? Wenn ich im Anzug erschien, bestand die Gefahr, daß ich zu sehr herausgeputzt wirkte. Lillian konnte ja nicht mit Sicherheit wissen, daß ich ihr einen Antrag machen wollte. Vielleicht erschien sie in Hose und Bluse. Am Ende entschied ich mich für Jacke und Hose, spendierte mir aber ein weißes Hemd. Ich hatte betont, daß wir ins Grand wollten, um uns mal etwas ganz Besonderes zu gönnen. Da ging ich doch davon aus, daß sie einen Rock oder besser noch ein Kleid tragen würde.

Mit großer Spannung klingelte ich an dem großen Tag im Månevei. Ob ihr schon ein Verdacht gekommen war? Lief sie unruhig da drinnen hin und her, erwartungsvoll und glücklich? Das hoffte ich doch sehr. Einen Heiratsantrag bekommt man schließlich nicht jeden Tag. Manche bekommen nie einen. Es fiel mir schwer, mir vorzustellen, daß vor mir schon einmal jemand Lillian einen Antrag gemacht hatte und abgewiesen worden war, weil sie auf etwas Besseres warten wollte. Allerdings habe ich sie nie danach gefragt. Es gefiel mir sowieso nicht, wenn sie über andere Männer sprach. Wenn sie sagte: »Ich habe einmal einen Typen gekannt«, oder: »So einer, mit dem ich früher mal zusammen war«, dann rutschte ich in meinem Sessel hin und her und fühlte mich überhaupt nicht wohl in meiner Haut. Das interessierte mich nicht. Und es verdarb mir die Laune. Jetzt waren wir beide ein Paar. Sie war ja auch in keiner Weise verpflichtet, mir gegenüber Rechenschaft abzulegen. Oft drehte sie sich, nachdem sie eine Anekdote über irgendeinen Kerl von sich gegeben hatte, plötzlich um und sah mich mit großen, gespannten Augen an, als hoffe sie, ich werde nun meinerseits eine entsprechende Geschichte bringen. Natürlich hätte ich mir solche Geschichten ausdenken können. Zwei doch zumindest. Damit sie sich nicht an der Tatsache festbeißen konnte, daß es für mich nie eine andere gegeben hatte. Aber das tat ich nicht. Ich zog es vor, verlegen und geheimnisvoll zu tun und ihrem Blick auszuweichen.

Lillian trug ein schwarzes Kleid. Es kaschierte ihren gewaltigen Busen und wogte auf elegante Weise um ihre Beine. Wir fuhren mit dem Bus. Sie schaute zerstreut aus dem Fenster, während ich neben ihr saß und auf meinem goldenen Ei herumbrütete.

Ich dachte an den Heiratsantrag. An das Wann und Wie. Ich kam zu dem Schluß, daß es logisch wäre, zuerst zu essen, aber ich war unsicher, ob ich sie vor dem Nachtisch fragen oder warten sollte, bis der Kaffee auf dem Tisch stand. Es könnte von Vorteil sein, wenn sie bereits einen kleinen Schwips hätte. Dann wurde sie romantischer und zugänglicher. Zugleich wollte ich einen gewissen Stil wahren. Also entschied ich mich, als wir das Grand betraten und ich dem Oberkellner meinen Namen nannte, was mir wieder diese gehobene Augenbraue einbrachte, zwischen Hauptgang und Nachtisch zu fragen. Inmitten der vielen Menschen, umgeben von dem gedämpften Stimmengewirr im Grand, würde ich Lillian meinen Antrag

machen. Einen Ring hatte ich ihr noch nicht gekauft. Den sollte sie sich selbst aussuchen.

Woran ich vor allem dachte, war, daß ich sie,
nach erfolgtem Antrag meinerseits, nach erfolgtem Ja ihrerseits, »meine Verlobte« würde nennen
dürfen. Ich konnte mir keine feinere, elegantere
Bezeichnung für eine Frau vorstellen als eben
diese. Meine Verlobte. Das hörte sich viel fescher
an als »meine Frau«, fand ich, auch wenn ich ein-
sah, daß sich diese Formel auf Dauer nicht ver-
meiden lassen würde. »Meine Gattin« klingt ein
wenig hochtrabend, aber natürlich ungeheuer
schön, wenn man sich in den Kreisen bewegt, in
denen eine solche Bezeichnung ganz natürlich
wirkt. Wir bestellten Steak. Und das, was der Kellner als ausgezeichneten Rotwein bezeichnete. Rotwein ist Rotwein, finde ich, von feinen Etiketten
lasse ich mich nicht an der Nase herumführen.
Aber der Wein war gut. Lillian war ungemein red-
selig und schien mir ein wenig nervös. Das war ich
auch. Als ich mein Steak halb verzehrt hatte, ging
mir erst richtig auf, daß das hier vielleicht meine
einzige Chance war, zu einem verheirateten Mann
zu werden. Wenn Lillian nein sagte, konnte es
Jahre dauern, bis abermals eine Frau ins Lager
spaziert kam. Es war, mit anderen Worten, ein
atemberaubender Augenblick. Die Vorstellung, sie
könnte nein sagen, wurde unerträglich. Und ganz
und gar unmöglich. Aus purer Verzweiflung rang

ich unter dem Tisch die Hände. Ich brauchte einen Moment der Stille, eine kleine Lücke im Strom ihrer Worte. Es mußte einfach möglich sein, eine Nische zu erhaschen. Eine Sekunde, in der sie aus ihrem Weinglas trank, vielleicht, und ihren Gedanken freien Lauf ließ. Dann wollte ich ihren grünen Blick einfangen und festhalten.

Lillian, wollte ich sagen. Lillian. Willst du mich heiraten? Eine andere Möglichkeit sah ich nicht. Außerdem bin ich gern direkt. Ich wollte kein langsames Herantasten. Ich wollte meinen Antrag auf altmodische Weise machen, mit tiefer, ernster Stimme. Plötzlich brach mir unter meinem Hemd der Schweiß aus. Unsere Beziehung dauerte erst einige Wochen an, und es schien doch ziemlich überstürzt, nach so kurzer Zeit schon von Hochzeit zu reden. Aber etwas anderes war jetzt unvorstellbar. Daß ein anderer Mann sie entdecken und mir vor der Nase wegschnappen könnte. Lillian war ja so leicht zu bewegen, war so empfänglich für Schmeicheleien. Und war ich denn nicht derjenige, der sie gefunden hatte? Ich kippte meinen Rotwein. Sie redete drauflos wie ein junges Mädchen, lauter Belanglosigkeiten. Redete über ihre Arbeit in der Kaffeerösterei, über ihre Freundin AnneMa, über Vorarbeiter Jørgensen. Die ganze Zeit ging es darum, was die zu diesem oder jenem Thema sagten oder meinten, Jørgensen sagt oder AnneMa meint. Sie selbst meinte nichts, konnte

35

aber gut die Ansichten der anderen darstellen. Lillian umklammerte ihr Weinglas und schaute sich im Lokal um. Danach sah sie mich an. Sie schien sich zu fragen, was wir hier überhaupt wollten. Ich in weißem Hemd, sie in schwarzem Kleid. Als dränge sich ihr plötzlich diese Frage auf: Wie bin ich bloß hier gelandet, mit diesem Mann? Weil sie nervös wurde, redete sie noch überstürzter auf mich ein. Konnte ich sie einfach unterbrechen? Ging das? Ich streckte die Hand nach der Weinflasche aus, um ihr nachzuschenken. Während ich ihr Glas füllte, schwieg sie endlich. Vielleicht zitterte meine Hand, vielleicht hatte sie das gesehen. Es wurde ganz still am Tisch. Ich stützte einen Ellbogen auf, krümmte die Hand und legte mein Kinn hinein. Das ist eine Haltung, die mich bei anderen anspricht. Jetzt begriff sie, daß etwas bevorstand. Endlich war ich in Gang, nicht mehr aufzuhalten, und auch davon, daß ich in ihrem grünen, flackernden Blick vieles ahnte, ließ ich mich nicht stören. Mir ging es nur noch darum, mein Ziel zu erreichen.

Lillian, sagte ich eindringlich und kratzte auf der Tischdecke herum. Lillian. Willst du mich heiraten?

Möglicherweise klang ich verzweifelt. An die Details kann ich mich nicht erinnern, obwohl ich doch eigentlich ein phantastisches Gedächtnis habe. Es ist auch möglich, daß die Gäste an den

Tischen in unserer Nähe mich hörten. Ich weiß nur noch, daß Lillian lächelte. Automatisch, dachte ich, so wie sie immer lächelte, wenn wir vor dem Fernseher saßen und ich sie bat, mir die Kartoffelchips zu reichen. Schnell und automatisch. Dann wurde sie ernst. Eins der Lichter im Lokal erlosch, auf ihrem Gesicht lag Schatten. Meine Hand lag noch immer auf der Tischdecke, ich wollte, daß sie sie nahm. Sie spielte an ihrem Besteck herum. Ich wollte, daß sie ja sagte und mir dabei in die Augen schaute, aber sie starrte die Tischdecke an, als überlege sie und wolle mich an ihren Überlegungen nicht teilnehmen lassen. Endlich hob sie ihr Gesicht.

Also, von mir aus, sagte Lillian.

Zugleich zuckte sie mit den Schultern, wie man das macht, wenn man unschlüssig ist.

Sicher bin ich diesen Antrag in Gedanken zahllose Male durchgegangen, sicher habe ich im nachhinein die Wahrheit erkannt, die unangenehme Wahrheit, daß sie mich überhaupt nicht liebte, daß sie durchaus nicht überschwenglich glücklich war, wie man es aus Filmen kennt, aber da und dort zählte für mich nur eins. Daß sie wollte. Nicht mit einem »Ja«, wie ich mir das gewünscht hatte. Aber sie wollte. Wir kicherten einen Moment lang. Ich hielt ihre Hand umklammert. Ihre Finger wurden weiß zwischen meinen. Ich war unbeschreiblich stark, ich war ein verlobter Mann.

Da auf der weißen Tischdecke hielt ich die Hand meiner Verlobten. Dann winkte ich dem Kellner und bestellte Kaffee.

Ich hielt Kolsås für eine attraktivere Wohngegend als die Blocks im Månevei, und deshalb zog Lillian zu mir.

Das aber sollte sich als unerwartet schwierig erweisen. Erst jetzt schien ihr aufzugehen, daß ein neues Leben begonnen hatte. Zugleich war es nun gestattet, sich zu streiten. Ich nahm das nicht so schwer. Waren wir doch durch unsere Verlobung geschützt, wir waren Verbündete fürs Leben. Nie wäre ich auf die Idee gekommen, daß sie mich verlassen könnte oder daß wir uns streiten könnten, ohne uns danach wieder zu versöhnen. Ich sah es so, daß wir durch die Versöhnung noch enger miteinander verbunden waren. Aber Lillian war so romantisch. Mir kam der Verdacht, daß unsere Auseinandersetzungen über praktische Fragen sie quälten. Sie schmollte dann oft und wirkte verängstigt, wie ein Kind, das von einem Erwachsenen zurechtgewiesen worden ist. Das fand ich überaus bezaubernd, jedenfalls in der ersten Zeit. Später ärgerte es mich. Sie war doch trotz allem erwachsen. Da konnte sie ja wohl zu ihren Fehlern stehen, so wie ich zu meinen stand. Obwohl, Fehler habe ich eigentlich nicht, und ich weiß eben, wann ich recht habe.

Es kam vor, daß sie türenknallend im Badezimmer verschwand. Dort verbrachte sie dann eine Weile, während ich allein im Wohnzimmer saß. Ich weiß nicht, was sie machte, aber wenn sie dann endlich wieder zum Vorschein kam, hatte sie oft ihre Frisur neu gelegt und sich mit Puder und Lippenstift frisch gemacht. Jedenfalls war sie hinterher immer hübscher. Als habe sie dort drinnen hinter dem Spiegel ein anderes Gesicht hervorgeholt. Und das war es dann. Sie kochte Kaffee auf die Weise, auf die nur Lillian Kaffee kochen konnte, und wir sprachen über harmlose Alltagsdinge. Wie das Auto. Daß das nicht mehr das jüngste sei und daß wir uns vielleicht ein besseres anschaffen sollten. Aber unbedingt einen Mazda. Wenngleich Lillian sich einen Amerikaner wünschte. Ich sagte, amerikanische Wagen auf norwegischen Straßen, bei den norwegischen Benzinpreisen, seien der pure Größenwahn. Worauf sie tief und ausgiebig seufzte.

Du bist immer so vernünftig, du, sagte sie. Bei ihr hörte sich das Wort »vernünftig« an wie eine Beleidigung.

Sie entschied sich für einen Ring mit einem grünen Stein. Der Stein war synthetisch und so groß wie eine Traube. Wenn sie vor dem Spiegel stand, drehte und wendete sie die Hand, um den Stein Blitze schleudern zu sehen. Das gelang ihm zwar nicht sonderlich gut, aber er paßte absolut zu ihren

39

Augen. Sie zog mit all ihren Habseligkeiten bei mir ein, mit Kissen und Nippes, mit Kleidern und Schuhen. Ihre Möbel waren aus Kiefernholz, die gaben wir also auf. Ich kann dieses gelbe Holz mit den braunen Augen nicht ertragen, ich ziehe Mahagoni vor. Mahagoni ist dunkel, es wirkt beruhigend aufs Gemüt, es gibt Tiefe und hat Stil. Staub sei auf Mahagoni besser zu sehen, wandte Lillian ein. Der Staub soll da doch nicht liegenbleiben, erwiderte ich. So einfach war das. Wir entwickelten eine feste alltägliche Routine, die ich überaus angenehm fand. Um sieben standen wir auf, ich zuerst, dann ging ich zu ihrem Bett und tippte ihre Schulter an. Worauf sie sich auf die Seite drehte und ihre verschlafenen Augen auf- und zumachte. Dann stapfte sie ins Badezimmer, zu ihrer Morgentoilette, die einige Zeit brauchte. Sie fuhr mit mir bis zum Bahnhof von Kolsås und nahm dort die Bahn nach Oslo. Ich selbst fuhr weiter zu Tybring-Gjedde und ging ins Lager. Ich war jetzt ein etablierter Mann. Teil einer Gesellschaft, der Steinar und Arvid schon lange angehörten. Es kam vor, daß sie mich verstohlen musterten und danach vielsagend grinsten. Na, Jonas? fragten sie neugierig. Wie lebt es sich denn so in festen Händen? Und ich lächelte nachsichtig und zog die Nagelfeile aus der Tasche.

Mir wird der Kaffee auf einem Tablett serviert, sagte ich. Und zwar nicht solche Plörre, wie wir sie hier trinken. Sondern richtiger Kaffee, aufgegossen aus frisch gemahlenen Bohnen.

Lillians Mutter Alfhild war mehr oder weniger eine Kopie ihrer Tochter, oder vielleicht hätte ich das umgekehrt sagen sollen. Sie war noch rundlicher, kicherte noch mehr und redete ununterbrochen. Sie nahm sich kaum die Zeit, mich so zu mustern, wie ich erwartet hatte, gemustert zu werden. Aber Lillians Vater Sverre nahm sich diese Zeit. Er saß auf dem Sofa in der Wohnung in Haslum und musterte mich drei Stunden lang ununterbrochen. Ab und zu stellte er Fragen, von denen die meisten mit meiner Arbeit oder auch mit meiner Herkunft zu tun hatten. Dabei spielte er natürlich auf meinen Namen an. Es war keine auffällige Reaktion zu beobachten, als ich ihnen in der engen Diele die Hand schüttelte, denn Lillian hatte sie gut vorbereitet. Aber Lillians Vater ließ nicht locker. Ich sagte wahrheitsgemäß, ich hätte den Namen von meinem Vater, der in Sandefjord geboren und aufgewachsen sei, doch dessen Vater, also mein Großvater, sei aus Schonen gebürtig gewesen. Das mit Schonen ließ ihn die Augenbrauen heben. Dann nuckelte er weiter an seiner Pfeife und verarbeitete diese Information. Er erkundigte sich nach Lohn und Aufstiegsmöglichkeiten bei Tybring-Gjedde, und ich erklärte so geduldig wie möglich, daß ich ja immerhin der Chef im Lager sei. Er versuchte es mit einem schlechten Scherz. Ob das vielleicht bedeute, daß ich die höchste Trittleiter hätte? Alfhild und Lillian kicherten. Sie brachten eine Kuchenschüssel nach der anderen herein. Bei Sverre und Alfhild bekamen wir nie warmes Essen; Kaffee und Kuchen waren das, was sie bewältigen konnten. Kein unangenehmer Bratengeruch im Haus, und später ein leichter, überschaubarer Abwasch. Ich glaube, wir blieben nie länger als bis zu den Fernsehnachrichten. Aber nun stand eine Hochzeit bevor, und ich konnte Lillians Mutter deutlich ansehen, daß sich unter ihren Dauerwellen einiges abspielte. Kleid, dachte sie, Blumen und Lieder. Einladungen. Menü und Musik. Schließlich schlenderten wir durch den frühen Abend zum Auto. Hand in Hand. Ich griff immer sofort nach Lillians Hand. Das gehörte zu den schönen Aspekten der Zweisamkeit, des Daseins als Paar, von denen ich nicht genug bekommen konnte. Seht ihr mich, dachte ich, wenn wir durch die Straßen gingen und Leuten begegneten, seht ihr meine Verlobte Lillian Ask? Ich habe ihr im Grand Café einen Antrag gemacht, und sie hat ja gesagt.

Auch Lillian schlenderte gern Hand in Hand mit mir dahin. Zu Hause angekommen trank sie dann einen Likör. Oder mehrere. Das führte hin und wieder dazu, daß sie ein wenig zu sehr aufglühte. Ab und zu war sie ganz einfach berauscht, auch wenn sie versuchte, das zu verbergen. Es gab Momente, da fragte ich mich, ob sie die Verlobung vielleicht bereute. Ob sie einfach nur ja gesagt hatte, weil ich sie eben gefragt hatte. Ob sie ja gesagt hatte, weil es ein so drastischer Schritt gewesen wäre, nein zu sagen. Oder weil sie meinte, dazu verpflichtet zu sein. Wir waren ja nun mal ein Paar. Leute sagen aus so vielen Gründen ja. Lillian überlegte nie lange. Lillian lebte im Hier und Jetzt, war absolut eine Gefangene des Augenblicks. Jetzt trank sie Likör. Und war zufrieden.

Sie versuchte, attraktiv zu sein. Sie versuchte umherzuschwänzeln, anziehend zu wirken. Aber die Kleider saßen nicht alle gleich gut an ihrem runden Leib. Alle Blusen spannten über dem Busen. Ich dagegen war stets derselbe. Ich neige durchaus nicht zu irgendwelchen Ausschweifungen, und das tat ich auch als verlobter Mann nicht. Ich war ja sowieso immer schon etwas Besonderes gewesen. Allerdings erwähnte ich das ihr gegenüber nicht, denn ich dachte, daß sie das wüßte, daß sie mich doch gerade deshalb an jenem Tag im Lager entdeckt hatte. Daß sie mich deshalb zum Kaffee eingeladen hatte. Ab und zu wollte ich sie fragen. Lillian, wollte ich fragen. Was genau an mir findest du so besonders? So besonders, daß du meinen Antrag angenommen hast? Aber ich fragte nicht. Es ist vermutlich undefinierbar, und Lillian hatte kaum Worte für abstrakte Dinge.

Sie ging immer in einem langen Nachthemd ins Bett. Ich selbst hatte immer ein gutes Buch zur Hand, denn ich lese viel. Das Licht störte sie nie. Sie drehte sich auf die Seite und war sofort eingeschlafen. Es dauerte nie mehr als dreißig Sekunden, schon schlief sie tief. Wenn ich etwas wollte, mußte ich gegen diese Müdigkeit ankämpfen. Nicht, daß sie mich abgewiesen hätte, aber sie gab gewissermaßen auf langsame, zögernde Weise nach. Je mehr Likör, desto williger wurde sie, das stellte ich sehr schnell fest. Das war sicher der Grund, warum ich auf ihre Trinkerei nicht weiter reagierte. Ich wußte, daß ich in der Nacht davon profitieren würde. Sie wurde davon romantisch und sentimental, sie war dann leichter zu erobern. Ich selbst sah mich vor. Ich mag es nicht, berauscht zu sein. Ich will die Kontrolle nicht verlieren. Und ich erkannte sofort, daß in unserer bevorstehenden Ehe, in unserer gemeinsamen Zukunft, wohl ich die Führung übernehmen und die Entscheidungen treffen mußte. Ich würde mich um alles kümmern müssen. Lillian konnte ja nicht einmal ihre Steuererklärung ausfüllen. Das hatte bisher Sverre für sie erledigt. Sie war nicht imstande, den Stromzähler abzulesen und die Ziffern in die vom Elektrizitätswerk geschickte Karte einzutragen. Kontoauszüge knüllte sie zusammen und warf sie weg. Sie ging zur Arbeit. Sie kochte. An Gehaltstagen kaufte sie ein, manchmal bei Tybring-Gjedde, wo sie als meine Verlobte auch noch Prozente auf die ohnehin schon unglaublich niedrigen Preise bekam. Manchmal in Sandvika, wo sie gern in den Laden der Heilsarmee ging. Für sie mußte es kein Luxus sein, sie begnügte sich mit Kleidern, die bereits von anderen Frauen getragen worden waren. Mit vollen Tragetüten kam sie nach Hause. Oft hatte sie die Sachen im Laden nicht anprobiert und mußte die unangenehme Entdeckung machen, daß sie ihr einfach nicht paßten. Dann war sie sauer und schmollte. Es kam vor, daß sie zur Schere griff und Kleider und Blusen zerschnitt, um sie als Putzlappen zu benutzen. Dann erklärte sie, das mache doch nichts, die Kleider seien ja schon gebraucht gewesen. Immer ging sie mit ihren Tüten ins Schlafzimmer. Da blieb sie dann eine Ewigkeit und tänzelte in den vielen benutzten Sachen vor dem Spiegel hin und her. In der ersten Zeit kam sie noch hin und wieder ins Wohnzimmer, um sich zu zeigen. Sie ging ein paarmal auf und ab, sah mich aus grünen Augen an und lauerte auf Anerkennung. Nach einer Weile hörte sie damit auf. Obwohl ich immer wahrheitsgemäß gesagt hatte, das steht dir sehr gut oder das ist vielleicht ein wenig gewagt. Sie war doch erwachsen, ich ging davon aus, daß sie die Wahrheit hören wollte, aber irgendwann kam sie nicht mehr ins Wohnzimmer. Sie machte sich nicht mehr schön für mich, sie wollte meine Meinung nicht hören. Das fand ich

45

ein wenig seltsam. Wenn ich mir eine neue Jacke gönnte, war ihre Ansicht mir sehr wichtig. Und sie musterte mich mit gerunzelter Stirn und sagte dann, was sie meinte. Zum Beispiel, daß ich gerade in dieser Jacke so schmale Schultern hätte. Oder in jenem Hemd doch ziemlich blaß aussähe. Irgendwas an dieser Farbe steht dir einfach nicht. Aber umgekehrt gab es das nicht. Trotzdem. Wenn wir ein seltenes Mal ausgehen wollten, machte ich ihr immer Komplimente. Ich war großmütig genug, zu sagen, sie sehe großartig aus. Und manchmal stimmte es auch. Hier ist von Notlügen die Rede. Wer je mit einer Frau zusammengelebt hat, weiß, daß sie sein müssen.

Ich nahm sie als Selbstverständlichkeit in meinem Leben. Als selbstverständlichen Teil meines Alltags, der für den Rest des Lebens bei mir sein würde. Wir beide waren zusammen. Ich hatte nie eine andere gehabt, ich wünschte mir keine andere. Wir beide würden immer zusammensein.

Liebe muß man wollen. Stimmt das vielleicht nicht? Ich kann mich an einen schönen Moment erinnern. Wir spazierten zusammen durch die Straßen von Oslo. An diesem Tag trug Lillian ein hübsches Kostüm mit einem engen Rock, der ihr bis zur Mitte der Waden reichte. Es war ein mokkabraunes Kostüm. Ich selbst trug einen anthrazitgrauen Mantel. Lillian hatte gesagt, die Farbe passe zu mir und meinen stahlblauen Augen. Wir spazierten Karl Johan hinauf, vorbei an der Universität. Es war Frühling, angenehmes Wetter. Ein Regenschauer hatte die Straßen saubergespült, und die Luft war von einer Klarheit, die mir den Atem verschlug. Zu unserer Linken lag das Nationaltheater mit dem schönen Springbrunnen. Das plätschernde Wasser hatte etwas sehr Anziehendes. Hier gehe ich mit meiner Verlobten, dachte ich. Sie heißt Lillian Ask. Eine hübsche, dunkle, ein wenig füllige Frau, sie hat ein absolut gutes Herz. Und sie gehört mir. Sie schläft in meinem Bett, sie ißt an meinem Tisch. Abends legt sie sich auf den Rücken und nimmt mich auf. Mit geschlossenen Augen zwar, aber sie nimmt mich auf. Sie ist ziemlich albern. Sie könnte sich für mehr interessieren als nur für Kleider und Schminke. Aber sie macht sich gern hübsch, so sind Frauen eben. Sie lacht oft, lächelt oft. Abgewandt zwar, den Blick zu Boden gerichtet oder zur Decke, aber sie lacht. Sie trinkt mehr, als mir lieb ist, aber sie torkelt nicht herum. Ich brauche sie nicht ins Bett zu tragen, sie ist durchaus keine Trinkerin. Und sie kocht wunderbaren Kaffee. Sie schreit nie, sie wirft keine Gläser an die Wand, wenn wir uns streiten. Übermäßig klug ist sie nicht, aber sie repräsentiert wohl den Durchschnitt, jedenfalls glaube ich das. Sie hält das Haus einigermaßen in Ordnung. Ich kann sie meinen Kollegen vorstellen, ohne mich schämen zu müssen. Wenn wir ausgehen, ist sie immer passend angezogen. Zwar sitzen die Kleider nicht immer perfekt, aber sie sieht ordentlich aus. Sie ist gesund. Sie hat eine feste Stelle, und sie hält Verabredungen ein. Sie kann nicht Auto fahren, aber das ist mir nur recht. Für ein Auto ist es besser, wenn es seinen festen Fahrer hat. Sie telefoniert sehr viel, mit ihrer Mutter oder mit AnneMa. Sie ist nicht sonderlich aufregend, in keiner Hinsicht. Aber jetzt geht sie neben mir. Ich habe ihr einen Heiratsantrag gemacht, und sie hat ja gesagt.

Und in diesem Moment spürte ich es, das, was ich für Liebe halte. Sie war es, die ich wollte, trotz ihrer vielen kleinen Eigenheiten. Ich liebte sie, »obwohl«, wie man sagt. Was dachte sie wohl über mich? Vielleicht das gleiche. Der Mann, der hier neben mir durch die Straßen von Oslo geht, ist weder elegant noch sonderlich reich. Er ist ordentlich, fast schon langweilig, ein überaus vorhersagbarer Mann. Verdient nicht besonders viel, aber das macht nichts. Er schlägt nicht, er hält Verabredungen ein. Er hält seine Papiere in Ordnung. Keine Ausfälle, keine Untreue. Höflich und wohlerzogen im Umgang mit anderen. In jeder Hinsicht ein anständiger Mann. Mit einem ganz besonderen Licht. Und er gehört mir, dachte sie vielleicht. Er hat mir einen Antrag gemacht, und ich habe ja gesagt. Sie preßte meine Hand. Und in diesem Moment floß ein Strom zwischen uns, der so viel enthielt. Hoffnung. Freude. Wünsche für die Zukunft. Ein eindringliches Gebet, daß das alles von Dauer sein möge; aber es war auch ein Abschied von allem, aus dem nichts werden konnte. Eben weil gerade wir zwei zusammengekommen waren, mit allen unseren Begrenzungen. Nie war ich dem Glück so nahe, vorher nicht und auch später nicht.

Lillians Kolleginnen in der Kaffeerösterei wollten ihren Abschied vom Junggesellinnenleben begießen.

Viele Details über dieses Gelage wurden mir nicht geliefert, dafür aber, um vier Uhr nachts, Lillians sterbliche Überreste. Es wurde wütend unten geklingelt, und vor mir stand ein resignierter Taxifahrer, der eine praktisch bewußtlose Lillian auf dem Rücksitz liegen hatte. Fröstelnd, in Bademantel und Pantoffeln, schaffte ich sie ins Haus. Wie einen Sack voll Zement kippte ich sie aufs Bett. Und so blieb sie bis zum nächsten Nachmittag liegen. Erst am späten Abend wurde sie langsam wieder ansprechbar. Sie nahm sich ein Bier aus dem Kühlschrank und trank drei Liköre zum Kaffee. Ihr Gesicht war wieder vorhanden, zusammen mit einem tapferen Lächeln.

Nur gut, daß das vorüber ist, sagte sie. Diese verrückten Mädels.

Mir blieben die großen Ausschweifungen erspart. Aber wir versammelten uns in der Kantine, alle, die bei Tybring-Gjedde arbeiteten, und Kitty von der Kasse hatte eine Flasche Cognac mitgebracht. Da Ragnar und Arvid aus dem Lager streng religiöse Menschen sind und zu Hause Kinder haben, die damals noch Windeln brauchten, verlief das Ganze in würdevoller Form. Wirklich sehr angenehm. Ich hielt mein Glas in der Hand, nippte vorsichtig daran und kostete das viele Wohlwollen aus. Alle blieben nach Feierabend noch sitzen, ganz freiwillig, um auf meine bevorstehende Hochzeit anzustoßen, und das war rührend. Dann zog der Hochzeitstag herauf. Lillian stand vor dem Spiegel und rückte ihren Schleier gerade. Ich säuberte mir sorgfältig die Nägel. Sicherheitshalber machte ich sie darauf aufmerksam, daß sie mit »Ja« antworten mußte, wenn der Geistliche die wichtige Frage stellte. Und nicht mit »Also, von mir aus«. Lillian ärgerte sich schrecklich. Und rückte und rückte ihren Schleier gerade.

Ich selbst war tadellos angezogen, ich trug einen gemieteten Smoking mit Bauchbinde. Meine Gedanken kreisten vor allem um die Allianz, die zu schmieden wir im Begriff waren. Eine Frau zu haben verlieh mir gewisse Rechte. Etliche Dinge hatte ich mir damit gesichert. Gesellschaft. Aufmunterung. Erotik. Das sind doch die Dinge, für die man einander hat. So wie ich das sah, verpflichtete Lillian sich jetzt für den Rest ihres Lebens. Ich war absolut bereit, mein Teil beizutragen, und ich meine bis auf den heutigen Tag, daß ich das auch getan habe. Als ich endlich »ja« gesagt hatte, konnte ich der Versuchung nicht widerstehen, einen Blick nach hinten zu werfen auf die Gemeinde. Alle hatten es gehört.

Arvid war mein Trauzeuge. Lillian hatte AnneMa gebeten. Wir luden zu einer schlichten Mahlzeit ein, Frikadellen und zum Nachtisch Eis. Getränke waren reichlich vorhanden. Lillian und ich waren keine besonders guten Tänzer, aber wir wollten uns doch unseren Gästen zuliebe Mühe geben, und mit großer Zufriedenheit zog ich sie auf die Tanzfläche. Meine Frau, meine Eroberung. In meinem tiefsten Innern spürte ich, daß ich das verdient hatte. Dafür hatte sich das Warten gelohnt. Sie war aber auch wirklich schön, eine Braut ist doch etwas ganz Außergewöhnliches. Dieses viele rauschende Weiß. Das Gesicht mit den grünen Augen, umrahmt von Blumen und Spitzen. Ihr Duft, ihre weichen Hände. Der Busen, der sich gegen meinen Smoking drückte.

Meine Schwiegermutter zwitscherte die ganze Zeit aufgeregt vor sich hin. Mein Schwiegervater hielt sich wie immer im Hintergrund. Aber auch aus dem Hintergrund kann man vieles sagen. Ich las in ihm wie in einem offenen Buch. Er fand zweifellos, daß Lillian etwas Besseres hätte finden kön-

nen als mich. Den Lagerchef von Tybring-Gjedde.
Ich für meinen Teil sah das ja anders.

Sie war es, die ich gefunden hatte, und ich habe
immer zu meinen Entscheidungen gestanden. Das
ist Lillian, sagte ich mir. Lillian, meine Frau. Kollege Arvid drückte sich anders aus. Er gab dem kurzen Wort »Frau« einen ganz anderen Klang, wenn
er von seiner Marthe sprach. Das galt auch für
Steinar. Bei Steinar kam es sogar vor, daß er von seiner »Alten« redete. Ich muß kurz meine Alte fragen, sagte er zum Beispiel. Und Ragnar sagte nur
»meine Frau«. Nie nannte er ihren Namen. Aber
die drei waren ja auch schon seit vielen Jahren verheiratet. Für mich dagegen war es unvorstellbar,
etwas anderes zu sagen als »Lillian, meine Frau«.
Ich achtete sie sehr. Obwohl ich ihre Schwächen
sah, zum Beispiel die für Alkohol oder die fürs Einkaufen. Ich selbst habe ja auch meine schwachen
Seiten. Einem Impuls zu folgen, das liegt mir nicht.
Lillian konnte nach dem Essen auf dem Sofa sitzen, vielleicht mit einer Zeitung, und rufen: Jetzt
läuft im Kino »Bridget Jones«! Wenn wir uns beeilen, schaffen wir die Vorstellung um sieben!

Schon der bloße Gedanke entsetzte mich. Vielleicht sah ich mir gerade die Nachrichten an und
konnte angesichts der Zumutung, mich beeilen zu
müssen, nur die Augen aufreißen. Das hätte bedeutet, aus dem Sessel aufzustehen, mir den Kamm

durch die Haare zu ziehen, die Hand nach dem Mantel am Garderobenhaken auszustrecken und zur Garage zu eilen, um dann in der Schlange an der Kinokasse zu stehen, ohne bestellt zu haben, ohne mir am Kiosk noch einen Schokoriegel oder ein Mandelhörnchen kaufen zu können. Es hätte außerdem bedeutet, ins Kino stürzen und im Dunkeln einen Platz suchen zu müssen und obendrein die Werbung zu verpassen. Es hätte bedeutet, den eigenen Rhythmus des Körpers zu verlassen, ihn zu betrügen, ihm einen fremden Willen aufzuzwingen. Nein, das war nichts für mich. Kinobesuche mußten mindestens einen oder besser noch zwei Tage im voraus geplant und beschlossen werden. Wir mußten Karten bestellen, am besten in der zwölften Reihe, genau in der Mitte. Die Brillen mußten geputzt werden. Die Münzen für die Parkuhr mußten abgezählt in der Tasche stecken. Wenn man ins Kino geht, dann wirklich ganz und gar. Man muß darauf eingestellt sein, bereit und geistig gewappnet. Kultur ist keine Zwischenmahlzeit, Kultur ist nichts, was man so hinunterschlingt, sie ist etwas, das man in aller Ruhe zu sich nimmt. Es half nichts, wenn ich sagte, gehen wir doch morgen. Dann schmollte sie. Ich habe doch aber heute abend Lust, sagte sie.

Der Film wird bis morgen um sieben nicht schlecht, gab ich zu bedenken. Es ist immer noch derselbe Film.

Aber dann hab ich vielleicht nicht auf dieselbe Weise Lust, quengelte sie. Und ich staunte über die Formulierung, auf dieselbe Weise Lust. Entweder man hat Lust oder man hat keine. Diesen Film zu sehen. So saßen wir dann weit voneinander entfernt auf der Sofakante und starrten übellaunig vor uns hin. Sie verschwand nach einer solchen Diskussion immer im Badezimmer. Ich weiß nicht, was sie dort machte. Ob sie sich das Gesicht wusch oder die Haare bürstete. Oder ob sie einfach nur vor dem Spiegel stand und hineinstarrte. Es war offenkundig, daß es sie an einen anderen Ort zog und daß sie diese kleine, geschlossene Kammer brauchte. Sie mußte sich wohl unbeobachtet fühlen. Auf jeden Fall kam sie nach einer Weile wieder heraus und sah verändert aus. Sie setzte sich, um sich die Nägel zu lackieren. Oder sie schnappte sich eine Illustrierte und vertiefte sich in die Bilder.

Das tat sie oft. Sie studierte Bilder von schönen Frauen. Die Kleider, die diese Frauen trugen, ihr Make-up. Ihre grünen Augen ließen die Bilder nicht los. Jeder einzelnen Frau schien sie ihr Geheimnis entlocken zu wollen, den ganz eigenen Trick, mit dem sie einen solchen Grad an Schönheit und Eleganz errungen hatte. Konnte es an dem Kostüm liegen? An eben jenem Schnitt? Wo hatte sie es gekauft? Ob im Laden der Heilsarmee etwas Ähnliches aufzutreiben war? Ich sah, daß sie sich alle Details einprägte, daß sie mit den Fingerspitzen einen Kragen berührte, einen Gürtel, daß sie sich alles merkte, daß sie es in ihrem Gedächtnis speicherte und ordnete. Natürlich fand sie solche Dinge nie im Laden der Heilsarmee. Sie begriff auch nicht, daß diese Frauen von sich aus bereits schön waren. Daß sie sehr groß und sehr schlank waren, mit symmetrischem Gesicht und makelloser Haut. Mit einer Haltung, die sie vermutlich auf der Modelschule gelernt hatten. Daß sie eben deshalb in Illustrierten abgebildet wurden. Und daß andere, ganz normale Frauen nicht auf diese Weise vor einer Kamera stehen konnten. Daß sie selbst das nicht konnte, da sie nur eins vierundsechzig maß und außerdem um einiges zu dick war.

Aber sie ließ nicht locker. Sie versuchte es mit allerlei Kleidungsstilen. Ununterbrochen änderte sie ihre Frisur. Am schlimmsten war der Tag, an dem sie beschloß, sich Dauerwellen legen zu lassen. Lillians Haare hatten natürlichen Schwung, aber sie wünschte sich richtige Locken. Die ganze Zeit hatten ihr Locken gefehlt, das hatte sie nun endlich eingesehen. Beim Frühstück weihte sie mich in ihren Plan ein, und ich versuchte, interessiert zu wirken. Eine Frau ist eine Frau. Das Aussehen ist wichtig. Als sie sechs Tage später nach der Behandlung durch den Friseur die Wohnung betrat, wirkte sie überaus fremd. Ihre Haare waren

55

kürzer und viel voluminöser. Ich schwankte, ob ich diesen Schritt für einen Erfolg hielt oder nicht. Hier war Vorsicht angesagt. Es gibt Situationen, da spürt man, was just in diesem Augenblick gefordert wird, man versteht in einer Zehntelsekunde, was das Gegenüber braucht. Auf jeden Fall geht mir das so. Ich sagte, das steht dir aber wirklich gut, Lillian! Und ich sagte es mit großer Begeisterung. Sie stand im Flur, noch immer im Mantel und mit kohlschwarzem Blick. Ich hatte das Gefühl, daß sie mich am liebsten gebissen hätte.

Warum sagst du so was? rief sie.

Ich erkannte ihre Stimme nicht wieder.

Weil ich es so meine, antwortete ich leise, denn ich ahnte, daß sich etwas zusammenbraute, und bei Lillian mußte man Vorsicht walten lassen.

Das kannst du dir schenken, sagte sie wütend. Ich sehe aus wie ein Troll, gib's doch zu. Langsam drehte sie sich vor dem Spiegel mit dem vergoldeten Rahmen hin und her. Ich stand in der Tür und betrachtete Lillian und zugleich ihr Spiegelbild. Keine der beiden Lillians sah zufrieden aus.

Du brauchst mich hier nicht anzulügen, fuhr sie verbittert fort. Schau doch nur, Mann! Das sieht ja aus wie eine Hecke!

Sie fuhr sich mit beiden Händen durch die Locken, bis ihre Haare regelrecht zu Berge standen.

Jetzt wird es nur noch schlimmer, wandte ich ein. Worauf sie ins Badezimmer floh. Krachend fiel die

Tür hinter ihr zu. Ich hörte das Wasser rauschen und suchte Zuflucht in meiner Zeitung. Die ganze Zeit horchte ich zum Badezimmer hinüber. Nach einer Weile des Wasserrauschens hörte ich den Fön brummen. Jetzt richtete sie in ihren neuen Locken vermutlich arge Verwüstungen an. Ich blieb einfach sitzen und wartete, ich wollte sie nicht durch Fragen oder eifriges Klopfen stören, und sie hatte sowieso die Tür abgeschlossen, das machte sie immer. Also wartete ich. Endlich kam sie heraus. Die Veränderung war nicht zu übersehen. Mit Wasser und Hitze hatte sie jede einzelne Locke in einen leichten Schwung gezwungen. Mit anderen Worten, sie sah so aus wie sonst auch.

Ach, das steht dir aber wirklich gut! rief ich, und diesmal kam es von Herzen. Endlich sah sie zufrieden aus. Sie ging Kaffee kochen. Als sie eine Weile darauf mit einem Tablett ins Wohnzimmer kam, stand neben den Tassen auch die Likörflasche.

Jetzt brauche ich wirklich ein Glas, sagte sie, schweißnaß, aber erlöst. Ich hütete meine Zunge, ich verkniff mir die Bemerkung, daß die Dauerwellen ja wohl überflüssig gewesen seien, wo ihre Frisur doch praktisch genauso aussah wie immer, nur eben ein wenig kürzer. Statt dessen fragte ich beiläufig, was so eine Dauerwelle denn wohl koste.

Tausend Kronen, war die Antwort. Ich fuhr zusammen und starrte sie entsetzt an. Das konnte doch nicht stimmen. Sicher hatte ich mich verhört.

Tausend Kronen? rief ich, das kann doch nicht sein.

Doch, sagte sie. Das kann es. Du hast ja keine Ahnung, was die Dinge kosten, Jonas. Du hältst dich doch überhaupt nicht auf dem laufenden.

Und du hast sie schon wieder entfernt, wandte ich ein. In meinem Kopf brodelte es ein wenig, denn die Kupplung des Mazda stand kurz vor dem Exitus. Sie würde bald erneuert werden müssen, und dem Ganzen würde eine schwindelerregende Rechnung von mehreren tausend Kronen folgen. Aber Lillian kaufte sich Locken für tausend Kronen und verbrauchte dann auch noch Strom, um die Locken wieder zu tilgen. Ich erwähnte das mit der Kupplung. Ich hörte mich absolut sachlich an, ich bin keiner, der sich unnötig echauffiert. Doch sie schaute auf und sagte: Die Kupplung kannst du ja wohl selbst auswechseln. Mein Kollege Jørgensen macht das auch.

Ich bin nicht Jørgensen, erwiderte ich ruhig. Und du hättest dir selbst Locken legen können. Es gibt nämlich etwas namens Heimdauerwelle.

Das war meine Trumpfkarte. Ich war mit Heimdauerwellen geboren und aufgewachsen, meine Mutter war dauernd mit solchen Dingen beschäftigt, ich kann mich noch genau an den strengen Geruch der Chemikalien erinnern.

Nun schaute Lillian mich mit verletzter Miene an.

So einfach ist das nicht, schluchzte sie und ließ den Kopf hängen. Sie sah wirklich ein wenig jämmerlich aus. Aber wir hatten eben nicht viel Geld, und die Wohnung war noch längst nicht abbezahlt. Mir ging auf, daß sie Anweisungen brauchte. Eine Art Einführung in die Welt der Erwachsenen, die sie von Sverre und Alfhild nie erhalten hatte. Ich wollte meiner Verantwortung nicht davonlaufen, wollte mich nicht vor dem Versprechen drücken, das ich ihr in der Kirche gegeben hatte. Und ich glaubte daran, daß die Zeit Veränderung bringt, ich glaubte an die Kraft, die darin liegt, daß man hilft und erklärt, wieder und wieder.

So vergingen die Monate. Einzelne Dinge verloren ihren Glanz, einfach weil sie so oft geschehen waren, aber damit hatte ich gerechnet. Ich kann nicht behaupten, daß der Kaffee schlechter geworden wäre, aber ich hatte mich daran gewöhnt. Lillian kochte eben solchen Kaffee. Andere kochten anderen Kaffee. Meine Kollegin Kitty zum Beispiel kochte grauenhaften Kaffee. Lillian verwendete immer mehr Zeit auf ihr Aussehen. Auf eine Pflege, die nur ihr selbst galt, nicht unserer Beziehung. Männer sind in dieser Hinsicht klarsichtiger, Männer betonen andere Qualitäten, wir holen uns auf andere Weise Bestätigung. Ich benutzte mein Aussehen nie als Trumpf, weshalb ich mir auch keine Sorgen machte, als Geheimratsecken und Bauch gleichermaßen wuchsen. Meine Persön-

59

lichkeit zeigte sich in den Qualitäten, die ich besaß. Und ich wünschte, Lillian hätte sich vom Spiegel abgewandt und mich gesehen.

Aber das passierte nicht. In immer höherem
Grad lebten wir jeder unser eigenes Leben. Ich
hatte den guten Arvid mit seiner Marthe gesehen,
ich hatte die lebhafte Kitty mit ihrem trägen und
soliden Torbjørn erlebt, ich hatte gesehen, daß es
allen so ging. Ich geriet nicht in Panik. Ich liebte
sie, so einfach war das. Lillian tat ihre Pflicht. Sie
räumte auf und wusch unsere Kleidung und ging
jeden Morgen zur Arbeit. Aber auf ihrem Gesicht
lag neuerdings eine Traurigkeit, eine Art Resigna-
tion, die vorher nicht dagewesen waren. Auch war
sie nicht mehr sonderlich impulsiv, was sicher mir
zuzuschreiben war. Aber ich beklagte mich nicht.
Und Lillian beklagte sich auch nicht. Ich möchte
behaupten, daß wir eine gute Durchschnittsehe
führten, in der wir Seite an Seite lebten. Ich war
mit meiner Arbeit, mit Steinar und Arvid weiterhin
zufrieden. Abends saß ich zufrieden vor dem Fernseher oder beugte mich über unser Monatsbudget,
das in mein Ressort fiel. Ich machte es mir mit
einem guten Buch gemütlich. Oder wir sahen uns
gemeinsam im Fernsehen einen Film an. An dieser Stelle muß ich erwähnen, daß unsere Vorlieben
da weit auseinander lagen. Aber es war nett. Wir
saßen zusammen auf dem Sofa, gern mit einer
Schale Knabbereien, oft holte Lillian auch die Li-

körflasche. Immer häufiger fragte sie, ob ich nicht einen Cognac wollte. Dann kam sie mit zwei Flaschen auf dem Tablett ins Wohnzimmer stolziert. Ich finde diese Sitte, zu jedem nur denkbaren Zeitpunkt zu trinken, ja nicht gerade unterstützenswert. Aber ich leistete ihr gern Gesellschaft, und die Stimmung wurde unleugbar besser, wenn wir beide unser Glas in der Hand hielten. Ein wenig Mühe muß man sich schon geben, um eine Ehe zu erhalten, und abends noch einen Cognac zu trinken war nun wirklich nicht gerade mühsam. So vergingen die Tage und Monate. Kein Kind meldete sich an. Wir sprachen auch nicht darüber. Vermutlich stimmte an der Kombination von Lillian und mir etwas nicht. Und Tatsache ist, daß weder sie noch ich die Vorstellung ertragen konnte, deshalb einen Arzt aufzusuchen.

Ansonsten waren wir ein ganz normales Paar, so glücklich und unglücklich wie alle anderen. Zwischen uns war zweifellos Liebe im Spiel. Nicht die ganze Zeit, nicht in einem gleichmäßigen Strom von ihr zu mir und umgekehrt. Aber für kurze Momente, wenn wir in der Stadt unterwegs waren und alles uns fremd und schwindelerregend vorkam, dann suchten wir im Gewimmel beieinander Zuflucht, dann fanden sich unsere Hände, und wir hielten uns fest, an der Welt und aneinander. Dann waren wir glücklich, weil wir zu zweit waren. Und nachts. Wenn wir nebeneinander auf unseren Kissen lagen. Ich las ein Buch. Lillian atmete leise neben mir. Wenn ich den Kopf drehte, sah ich ihre Haare und ihre runde Schulter. Ich konnte einfach nicht fassen, wie viele Nächte ich allein gelegen hatte. Nie wäre ich auf die Idee gekommen, daß diese Gemeinsamkeit nicht von Dauer sein würde. Ich hatte ihr doch einen Heiratsantrag gemacht, sie hatte ja gesagt. Wir lebten in derselben Wohnung. Überall lagen ihre Habseligkeiten herum. Ihr Geruch, der des Badeöls oder der Bodylotion, die sie immer benutzte, hing in allen Räumen. Ihre Stiefel standen im Gang, schiefgetreten und runzlig am Spann. Ihre Figuren und Nippesgegenstände standen überall aufgereiht. Ihre Kleider im Schlafzimmer, ihre Pantoffeln voller Fusseln, das alles würde immer da sein. Daran zweifelte ich keine Sekunde.

Ich betrachte es als eine logische Entwicklung, daß Paare im Laufe der Jahre immer mehr Zeit in unterschiedlichen Räumen verbringen. Ich habe immerhin Bücher gelesen. Man ist noch zusammen, aber jeder lebt sein eigenes Leben weiter. Mir kommt das vor, wie auf sämtlichen Hochzeiten zu tanzen. Ich konnte jederzeit in ein Buch eintauchen und allein sein. Wenn ich in offenerer Stimmung war, dann sahen wir uns zusammen einen Film an. Filmen fühlte Lillian sich gewachsen. Wir sprachen über die Geschichte und vor allem über den Schluß. Wie fandest du den Schluß? wollte Lillian jedes Mal wissen. Und deshalb diskutierten wir darüber. In der Regel hatte sie ein Argument, das sie in Worte fasste, so gut sie eben konnte, und viele Male wiederholte. Mit immer lauter werdender Stimme. Ich dagegen hatte viele unterschiedliche Argumente. Und das verwirrte sie. Aber immerhin hatten wir etwas zusammen gemacht. Wenn es ein romantischer Film gewesen war, konnte das zu anschließender Romantik im Schlafzimmer führen. Wenn sie genug Likör getrunken hatte. Was sie immer häufiger tat. Ich dachte, sie ist nicht gerade eine intellektuelle Kapazität, aber das ist ja auch nicht entscheidend für die Lebensqualität eines Menschen.

Geliebt zu werden bedeutet, gesehen zu werden. Und damit meine ich nicht, beobachtet oder betrachtet, wiedererkannt oder studiert. Ich meine, im eigenen Licht gesehen zu werden. Mit dem Herzen. Mit dem Blick des Menschen, den wir lieben, mit dem Licht der Zärtlichkeit. Diesem Blick, der uns erhöht und voranträgt, dem Blick, der uns eine eigene Energie gibt. So sah ich Lillian oft an in der Zeit, in der wir verliebt waren. So sah sie mich oft an. Da war dieses eine strahlende Gesicht. Und wir dachten: Ja! Ich bin ein liebender Mensch, ein Mensch, der liebt. Dann ist alles leicht. Die ganze Welt strahlt. Der Müll auf den Straßen geht uns nichts an, das Elend der Welt trägt sich anderswo zu. Der Körper brennt, produziert Wärme und Energie, das Feuer lodert. Aber die Tage gehen dahin. Und während wir noch glauben, daß das Feuer ganz von selbst geschürt wird, beginnt es zu verlöschen. Zu einem gewissen Zeitpunkt ahnen wir, daß es nicht mehr mit derselben Kraft brennt. In unserer Bekümmerung sehen wir einander an. Will er denn der Glut kein Leben einhauchen? Liebt sie mich denn nicht mehr?

Zuerst kommt die Angst. Dann ziehen wir uns zurück. Bleiben stehen und halten Ausschau nach dem, was einst da war. Das erste Gefühl des Verlassenseins schleicht sich ein. Zuerst vielleicht nachts, während der andere, die andere schläft. Ist er nicht sehr weit weg? Wo mag sie mit ihren Gedanken sein? Ich darf nicht mit. Ich liege allein in meinem eigenen Raum. Eine erbarmungslose Einsamkeit kratzt an der Tür.

Das sind nur einige schlichte Gedanken über die Liebe. Ich möchte behaupten, daß ich von der menschlichen Natur ein wenig verstehe. Aber für Lillian war die Liebe kein Feuer, das geschürt werden muß. Liebe erschien ihr als etwas von oben, etwas fast Göttliches, das zu ihr kommen würde, wenn sie sich dessen nur würdig erwies. Und ich kam. Stand wie eine Säule im Lager. Erklomm die Trittleiter und holte Kerzen für sie herunter. Trug sie abends zu ihr nach Hause. Alles, wovon sie geträumt hatte, war eingetroffen. Und auf das, was später passierte, war sie in keiner Weise vorbereitet.

Ich bin kein sonderlich leidenschaftlicher Mann.
Ich brauche diese Heftigkeit nicht. Im Gegenteil,
ich ziehe das ruhige, normale Alltagsleben mit seinen Routinen vor. Ich kam gern von der Arbeit
und setzte mich an den Eßtisch. Ich mag leichtes
Geplauder. Anfangs hörte Lillian aufmerksam zu,
später aber verlor sie sich in ihren eigenen Gedanken. So schnell bin ich allerdings nicht beleidigt. Ich legte Wert darauf, stets derselbe zu sein.
Ein Fels in ihrem Dasein, einer, auf den sie sich verlassen konnte. Ich schlug nie zu und schrie sie nie
an. Sie wurde immer mit Respekt behandelt. Das
hielt ich für Liebe. Alles vorher war Verliebtheit gewesen, und die ist nicht von Dauer. Aber das begriff sie nicht. Es kam vor, daß sie versuchte, sich
aus der Tiefe zu erheben. In einer Art verzweifel-
ter Anstrengung strebte sie danach, wieder gesehen zu werden. In einem kindischen und schier
unermeßlichen Verlangen nach Bestätigung.

Eines Tages kam sie mit einer riesigen Tüte vom
Einkaufen. Ihr Fischzug hatte sie sichtlich erregt,
sie hatte zwischen all den Regalen einen Schatz
gefunden. Ich saß am Schreibtisch und war mit unserem Haushaltsbuch beschäftigt. Gerade an diesem Tag hatte es im Laden der Heilsarmee ein ein-
zigartiges Angebot gegeben. Für hundert Kronen
hatte man eine Tüte mit Kleidern füllen können.

Ehe sie losgegangen war, hatte sie sich über diese
Tüte ausgiebig den Kopf zerbrochen. Darüber, wie

groß die wohl sei. Ob sie vielleicht aus dehnbarem Kunststoff sei, so daß man große Mengen Kleider hineinpressen könne. Dazu war mir wirklich nichts eingefallen, ich hatte mich in meine Papiere vertieft. Eine Stunde später kam Lillian mit dieser großen, tatsächlich ausgebeulten Tüte zurück. Und die Tüte enthielt nur einen einzigen Gegenstand. Einen großen weißen Kaninchenfellmantel. Ich starrte Lillian einfach nur ungläubig an. Sie hatte den Eßtisch abgeräumt und breitete das Prachtstück darauf aus. Mein Leben lang hatte ich so etwas noch nicht gesehen. Der Mantel war aus einer unbekannten Anzahl toter Kaninchen zusammengesetzt. Er war von den Armen abwärts ausgestellt und reichte ihr bis an die Knie. Er hatte Schnüre am Hals, und am Ende jeder Schnur saß ein großer weißer Pompon. Ich betrachtete Lillians mollige Gestalt. Ihre großen Augen und den rosa Mund. Sie ging nicht ins Schlafzimmer. Vor meinen Augen mühte sie sich zielstrebig in den Pelz hinein. Der Mantel wurde mit metallenen Haken geschlossen. Lillian band die Schnüre so, daß die weißen Pompons von ihrem Busen baumelten. Dann drehte sie sich langsam hin und her. Ich war einfach überwältigt. Was nicht oft vorkommt. Sie erinnerte mich an ein riesiges Kaninchen, ein übergroßes Kuscheltier, ein wohlgenährtes, kreideweiß zwischen unseren Mahagonimöbeln. Ich legte den Kugelschreiber weg. Ich räusperte mich.

Irgendwo in der Tiefe meines Gehirns dachte ich den Satz: Nie im Leben lasse ich mich mit dir sehen, wenn du diesen Pelz trägst.

Dieser Satz aber kam nie über meine Lippen. So dumm wäre ich wirklich nicht gewesen.

Was sagst du? fragte Lillian und drehte sich abermals um sich selbst. Der Mantel umwogte sie. Die Pompons schwangen wie haarige Schneebälle hin und her. Ich blieb erst einmal stumm, feilte an der bestmöglichen Formulierung.

Der ist ja wirklich über alle Maßen weiß, sagte ich vorsichtig und starrte die Kaninchenfelle an. Wenn du dich damit im Schnee verirrst, finde ich dich nie im Leben wieder. Ich versuchte, witzig zu sein. Dabei war ich todernst. Sie begriff das nicht.

Findest du, daß er mir steht?

Sie starrte mich an, ein fordernder Blick aus ihren flaschengrünen Augen. Sie hatte sich schon lange nicht mehr so gezeigt. Und so direkt gefragt. Aber ich, der ansonsten seine Worte wohl zu setzen weiß, war mit Stummheit geschlagen. Ich versuchte, Zeit zu schinden. Setzte mich anders hin, stützte das Kinn in die Hände und musterte sie eindringlich. Versuchte, meinem Blick einen sanften Glanz zu geben. Ich betrachtete sie vom Scheitel bis zur Sohle, ich holte guten Willen, Geduld und Toleranz hervor, ich griff zu Manieren, Freundlichkeit und Takt. Nichts half. Der Pelz war einfach entsetzlich. Und Lillian war es auch.

Damit wirst du garantiert Aufsehen erregen, sagte ich versuchsweise und lief damit vor Lügen und Komplimenten gleichermaßen davon.

Er gefällt dir nicht! Jetzt ging sie hoch. Es wird dich freuen, daß er nur hundert Kronen gekostet hat. Aber das ist echter Pelz, damit du's weißt!

Zweifellos, räumte ich ein und zupfte vorsichtig daran. Ein dickes Büschel weißer Haare löste sich. Ich verstreute sie auf dem Boden. Der haart aber arg, sagte ich nachdenklich. Sie starrte verwirrt auf die weißen Haare.

Das ist ja auch nicht gerade Nerz, sagte sie schließlich zu ihrer Verteidigung.

Darauf kannst du Gift nehmen, erwiderte ich. Und dann, um ein wenig fachliches Interesse zu zeigen: Ist der gefüttert?

Sie öffnete die Haken und stülpte den Pelz um. Darunter trug sie schwarze Kleider. Alles war mit weißen Haaren bedeckt. Sie versuchte, die Haare wegzuwischen, aber die saßen fest wie angeklebt. Sie kniff die Augen zusammen. Es sah so aus, als müsse sie jedes Haar einzeln wegzupfen, was unendlich mühsam schien.

Der muß gefüttert werden, sagte ich energisch. Als sei an dem Pelz nur dieses eine auszusetzen, daß er eben nicht gefüttert war. Aber sie wußte es besser. Intelligent war sie nicht, aber sie hatte Intuition, so wie Kinder Intuition haben. Lillian hatte genug. Mit einer einzigen heftigen Bewegung riß sie sich den Pelz vom Leib und stürzte ins Badezimmer.

Ich kann ja so einiges verstehen. Natürlich hatte sie gehofft, ich würde sie in diesem Mantel wieder sehen. Er war in jeder Hinsicht aufsehenerregend. Aber das, was ich gesehen hatte, hatte mir nicht gefallen. Vermutlich stand sie jetzt vor dem Spiegel und vergoß bittere Tränen. Ich erhob mich vom Schreibtisch und ging hinaus in den Flur. Rief ihr durch die Tür zu: Lillian! Ich geh mal eben frische Luft schnappen.

Sie antwortete nicht.

Es war still auf den Straßen von Kolsås. Hier und dort führte jemand einen Hund Gassi, ansonsten war alles menschenleer. Langsam dämmerte es mir. Ich hatte ein Kind geheiratet. Na gut. Man kann Schlimmeres heiraten als ein Kind, das war mir klar. Und sie war ja auch süß. Aber beim Kaninchenpelz verlief meine Grenze. Der war schlicht und ergreifend zuviel für mich. Mit ihr auszugehen, wenn sie diese vielen toten Tiere am Leib trug, mit diesem übergroßen Kind im weißen Pelz auszugehen, das war mehr, als ich über mich brachte. Wenn man erst einmal mit sich selbst Kompromisse schließt, dann ist die Ehe im Handumdrehen zu Ende. Ich hatte meine Meinung vorbringen können, ohne sie wirklich zu verletzen, und deshalb wollte ich mich mit meiner Reaktion zufriedengeben. Zugleich sah ich ein, daß sie irgendeinen Trost brauchte. Aber den konnte ich ihr nicht geben. Sie war mir zuvorgekommen. Die Likörflasche stand bereits auf dem Tisch, als ich in die Wohnung zurückkehrte. Der Pelz war nicht zu sehen.

Immer noch im Mantel, blieb ich in der Tür stehen. Auf ihrem Schoß lag eine Frauenzeitschrift. Sie hatte die Mittelseite aufgeschlagen und starrte eins dieser dünnen blonden Models an.

Ein brauner Pelz würde dir vielleicht besser stehen, sagte ich vorsichtig.

Ach? fragte sie mürrisch. Weil ich dann nicht so deutlich zu sehen bin, meinst du?

Ich schob die Hände in die Taschen. Lillian, sagte ich und riß mich gewaltig zusammen. Es geht doch um dich, du sollst gesehen werden. Der Pelz soll dich nicht überstrahlen. Die weißen Kaninchen, das ist einfach zuviel.

Ich werde ihn zurückbringen, erklärte sie kurz.

Ihn zurückbringen? Ich glotzte. Bei einem Laden für gebrauchte Kleidung wird das wohl nicht gehen.

Das Geld bekomme ich nicht zurück, sagte sie. Aber sie nehmen doch gebrauchte Kleider.

Ungläubig hörte ich mir diese verquere Logik an.

Vielleicht würde er sich im Auto gut machen, sagte ich. Als Sitzunterlage. Die Heizung in unserem alten Mazda ist ja nicht mehr die beste. Aber wir müssen ein Handtuch drauflegen. Sonst kleben uns weiße Haare an den Kleidern, wo wir gehen und stehen.

Im Auto? fragte sie empört. Ein echtes Kaninchenfell?

Ich meine, warm ist es doch bestimmt, sagte ich.

Sie schlug die nächste Seite auf. Ein verlockender Schokoladenkuchen zog meinen Blick an.

So einen könnten wir auch brauchen, sagte ich, um sie abzulenken, machte einige Schritte auf das Sofa zu und zeigte auf den Kuchen.

Dann back doch einen! sagte sie wütend.

Hilflos breitete ich die Arme aus. Aber meine Liebe, du weißt doch genau, daß das außerhalb meiner Fähigkeiten liegt. Mit solchen Dingen kenne ich mich nicht aus. Du dagegen könntest das hinkriegen, Lillian. Du hast doch ein Händchen für so etwas.

Ich bemühte mich nach Kräften, ihre Stimmung zu heben. Aber das wollte sie nicht. Also gab ich auf und ging in den Flur, um meinen Mantel aufzuhängen. Der Pelz war nirgends zu sehen, ich hätte gern gewußt, wo sie ihn versteckt hatte. Im tiefsten Herzen fürchtete ich, daß sie ihn doch tragen würde. Daß sie eines Abends plötzlich dastehen würde in ihrem weißen Pelz. Mit trotzigem Blick. Ich schaltete den Fernseher ein, um mir die Nachrichten anzusehen. Wir streiten uns hier über tote Kaninchen, dachte ich, während der Rest der Welt leidet. Ich hatte jetzt wirklich Lust auf einen Cognac, widersetzte mich dieser Lust aber. Lillian trank für zwei. Wenn ich nun auch zur Flasche griff, würde ihr Verbrauch damit gerechtfertigt. Entsagte ich aber, würde ihr Konsum deutlicher hervortreten. Und das wollte ich erreichen. Es erschien mir ganz natürlich, dieses Opfer zu bringen, sie war schließlich meine Frau. Es war ein selbstverständlicher Teil der Allianz, die wir eingegangen waren, ein Teil meiner Verantwortung als Ehemann. Aber ich erkannte immer häufiger, daß sie für mich nichts Entsprechendes tat. Nie brachte sie sich in dieses »Wir« ein. Ich hatte allerdings nicht vor, daraus irgendwelche Konsequenzen zu ziehen. Ich hatte mich entschieden und trug die Folgen dieser Entscheidung. So wie ich es sah, zeichnete sich durch solches Verhalten ein überaus starker Charakter aus.

Der Pelz verschwand. Ich sah ihn nie wieder. Vielleicht hatte sie ihn in die Mülltonne geworfen, vielleicht hatte sie ihn in den Laden zurückgebracht. Eine Zeitlang verhielt sie sich still. Ein wenig märtyrinnenhaft, wie am Boden zerstört. Dann veränderte sie sich, wirkte plötzlich zutiefst konzentriert. Irgend etwas beschäftigte sie, ich konnte sehen, daß sie grübelte und abwägte. Aber ich setzte ihr nicht zu. Wenn sich bei ihr etwas zusammenbraute, dann würde das früher oder später ans Licht kommen. Es gelang ihr so gut wie nie, sich zu verstellen. Ich war überaus neugierig. Lillian schmiedete keine Pläne. Lillian vertiefte sich nicht, studierte nicht. Steckte sich keine Ziele. Doch eines Tages ging die Bombe hoch. Es war beim Essen. Wir verzehrten in vollkommenem Schweigen einen guten, altmodischen Fischauflauf. Ich wartete gespannt, denn ich wußte, daß sie vor Mitteilungsdrang geradezu barst. Sie wollte etwas bekanntgeben und feilte an der passenden Art, diese Bekanntmachung zu servieren. Zwischen Gabeln voll Fisch und zerlassener Butter erprobte sie in Gedanken allerlei Tonfälle und Ausdrucksweisen. So etwas sehe ich schon mit halbem Auge. Endlich war es so still am Tisch, daß ihre Mitteilung wie von selbst erfolgte, ohne besonderes Drama.

Sie sagte: Ich mache einen Computerkurs.

Ich war restlos verblüfft. Von allem, was ich mir vorgestellt hatte, war das das letzte. Wir hatten nicht einmal einen Computer in der Wohnung. Ich hatte damit gerechnet, daß sie sich zur Jazzgymnastik angemeldet hatte. Oder zu einem Töpferkurs. Zu irgendeiner alternativen Therapie. Daß sie vielleicht mit Freundinnen in den Süden fahren wollte. Oder mich um die Scheidung bitten. Aber damit hatte ich nicht gerechnet. Klirrend fiel mein Besteck auf den Teller.

Also wirklich, Lillian! sagte ich begeistert. Jetzt mußt du mir aber alles darüber erzählen.

Sie stocherte verlegen in ihrem Essen herum, dann lächelte sie kleinlaut. Nein, das ist so ein Angebot bei uns in der Firma. Ich habe es mir lange überlegt. Die bezahlen. Heutzutage läuft doch alles über Computer. Wenn ich das lerne, kann ich vielleicht befördert werden und mehr verdienen. Bisher arbeitet nur Jørgensen am Computer, und der geht doch bald in Rente. Wenn ich weiterkommen will, dann muß ich das jetzt lernen.

Aber das ist doch großartig! sagte ich eifrig. Was ist mit deinen Kolleginnen? Machen die alle so einen Kurs?

Vorerst bin ich die einzige, sagte sie. Dann verstummte sie, denn ihr wurde die schreckliche Tatsache bewußt, daß sie ganz allein zwischen fremden Menschen sitzen würde, Tag für Tag. Sie würde keine haben, mit der sie tuscheln oder kichern konnte, wie Frauen das so gern tun.

Du kannst auf meine vollständige Unterstützung zählen, sagte ich großzügig. Ja, ganz bestimmt. Von was für einer Lohnerhöhung ist denn da die Rede?

Sie zuckte mit den Schultern. Summen sind noch nicht genannt worden, sagte sie. Und ich weiß ja auch nicht, ob ich das überhaupt schaffe.

Natürlich schaffst du das! rief ich enthusiastisch. Und je mehr du siehst, daß du es schaffst, desto größer wird dein Selbstvertrauen. Das ist nie zu ver-

74

achten, verkündete ich. Man kann nie genug Selbstvertrauen haben. Warte nur ab!

Sie aß weiter. Ich war von der Neuigkeit so aufgewühlt, daß ich den Fischauflauf ganz vergessen hatte.

Wann fängst du an? fragte ich.

Am Montag. Ich muß raus nach Alnabru. Aber es geht erst um zehn los. Ich nehme am Egertorg die U-Bahn. Hoffentlich finde ich den Weg, in Alnabru kenne ich mich doch überhaupt nicht aus. Sofort wurde sie nervös.

Und wie lange dauert der Kurs? fragte ich, da sie nicht von selbst weitersprach, sondern in einer Nudel herumstocherte.

Vierzehn Tage. Und am Ende bekommen wir ein Zertifikat.

Das werden wir einrahmen, Lillian, sagte ich.

Wenn ich es schaffe, erwiderte sie.

Also, um zehn in Alnabru, im Brobekkvei. Es war eine weite Fahrt. Sie stieg in Kolsås in die Bahn und in Oslo um. Abends kam sie erst um acht nach Hause. Völlig erschöpft. Sie sagte: Das blaue Licht macht mich fast blind.

Vielleicht brauchst du eine Brille, regte ich an. Aber eine Brille wollte sie nicht. Am ersten Abend war sie so müde, daß sie nur noch auf dem Sofa herumlungerte. Sie trank einen Likör und fiel gegen elf ins Bett. Die erste Woche verging, dann begann die zweite. Ich fragte, wie es denn so laufe. Sie sagte, ich kapier das schon irgendwie. Aber man muß sich so viel merken. Und dann drücke ich auf die falsche Taste, und plötzlich ist alles verschwunden. Es ist zum Verrückwerden. Mit Papier komme ich viel besser zurecht, ein Blatt Papier fliegt nicht weg und versteckt sich auch nicht. Wenn es auf dem Schreibtisch liegt, dann liegt es da.

Ich nickte verständnisvoll. Ich versuchte, ihr eine Stütze zu sein. Sie hatte Angst vor der Abschlußprüfung, die ihr das Zertifikat einbringen sollte. Um ehrlich zu sein, machte auch ich mir Sorgen. Ein Mißerfolg würde ihr gar nicht guttun. Und mir auch nicht. Ich saß mit Arvid und Steinar im Lager zusammen und dachte darüber nach. Wir hatten, mit dem Segen des Chefs, eine Schachtel Pralinen geöffnet. Die Pralinen hatten sich verfärbt, weil sie während des Transports zu hoher Temperatur ausgesetzt gewesen waren, aber sie schmeckten hervorragend. Lillian hat es schwer zur Zeit, sagte ich ernst. Die beiden nickten. Arvid suchte sich ein Stück mit Marzipan, Steinar war die Füllung egal, er aß alles.

Diese Umstellung auf Computer ist wirklich hart, sagte Arvid. In Marthes Büro hat das auch stattgefunden. Das war ein Theater! Es war einfach nicht auszuhalten mit ihr. Aber es geht vorüber.

Ja, sagte ich. Das tut es. Ich dachte, ich könnte

ihr etwas schenken. An dem Tag, an dem sie mit dem Zertifikat nach Hause kommt.

Dann solltest du vielleicht mit einem Pelz zuschlagen, sagte Steinar. Ich fuhr zusammen. Etwas an der Sache mit dem Kaninchenpelz ließ mir keine Ruhe. Für einen kurzen Moment sah ich meine Kleinlichkeit. Wer war ich denn, daß ich entscheiden wollte, wie meine Frau sich anzog? Welches Recht hatte ich, eine solche Haltung einzunehmen?

Aber wir sind doch ein Paar, wandte ich sofort ein, ein Ganzes, das im Straßenbild gut aussehen soll. Trotzdem. Jetzt, wo mir das alles wieder einfällt, fühle ich mich schuldig. Wegen dieser grenzenlos egoistischen Einstellung. Wegen meiner Angst davor, mit ihr in diesem schrecklichen Mantel gesehen zu werden. Ich fühle mich schuldig.

Arvid wollte sich ein Video von mir leihen. Ich bot an, es in der Mittagspause zu holen. »Romeo und Julia«.

Er sagte, Marthe wolle den Film schon so lange sehen. Ich finde ja, dieser DiCaprio sieht aus wie ein Kind. Aber sie waren ja wohl auch noch Kinder, Romeo und Julia. So wie sie sich aufgeführt haben. Kinder sind so dramatisch, sagte Arvid.

Da sagst du was Wahres, sagte ich. Ich setzte mich in den Mazda, fuhr nach Hause und hielt vor dem Block. Meine Pausenbrote nahm ich mit. Ich hatte vor, in aller Ruhe am Küchentisch zu essen. Das war mir schon lange nicht mehr vergönnt gewesen. Allein da sitzen und durch das Fenster die Aussicht genießen. Den Berg Kolsåstoppen. Das Krankenhaus von Bærum. Im Tal das Martina-Hansen-Hospital. Ich schloß die Tür auf und nahm das Video aus dem Regal. Lillian mochte »Romeo und Julia« nicht, sie fand die Geschichte hoffnungslos. Überaus unglaubwürdig, behauptete sie, vor allem der Schluß. Wenigstens an der Sprache hätten sie etwas ändern können, meinte sie. Ich komme kaum mit, wenn sie so gestelzt daherreden.

Ich versuchte ihr zu erklären, wie wunderbar es sei, daß die moderne Version auf dem Originaltext aufbaue.

Man kann nicht Motorrad fahren und gleichzeitig so reden, klagte Lillian.

Daß der Film Arvid gefallen würde, wußte ich. Ich packte meine Thermosflasche aus und wickelte das Papier von den Broten. Es waren zwei mit Cervelatwurst und eins mit Kümmelkäse. Ich kaute langsam. Das ist wichtig für die Verdauung. Danach warf ich das Papier weg und stellte die Thermosflasche auf die Anrichte. Im Haus war es seltsam still. So wunderbar friedlich. So war es jahrelang gewesen. Jetzt genoß ich diese Stille wie etwas ganz Neues. Für einen Moment, aber nur für einen Moment, hatte ich Heimweh nach dem Junggesellenleben. Sicher, es hatte viele

Abende voller Sehnsucht und Einsamkeit gegeben, aber es hatte auch etwas Schönes und Me-
lancholisches gehabt, mit seinen Gedanken allein zu sein. Ehe ich mich wieder auf den Weg
machte, wollte ich mir aus dem Schlafzimmer
einen Pullover holen. Es war ziemlich kühl im Lager. Ich öffnete die Tür und fuhr zurück. Lillian
lag im Bett. Überrascht blieb ich stehen und
glotzte. Sie hatte sich unter der Decke versteckt,
aber ich sah ein paar von ihren dunklen Haaren.
Sie merkte nicht, daß ich dort stand und sie an-
starrte. Ich war restlos verwirrt. Ob sie krank war?
Das hatte sie nicht erwähnt. Sie war am Morgen
wie immer aus dem Mazda gestiegen und zur
Bahnstation hinübergegangen. Bis heute abend!
hatte sie mir noch über die Schulter zugerufen.
Ich war weitergefahren, um bei der Arbeit meine
Pflicht zu tun. Lillian dagegen war nach Hause
zurückgekehrt. Sie hatte sich ins Bett gelegt. Aus
irgendeinem Grund sagte ich nichts. Statt dessen
schloß ich so leise wie möglich die Tür. Schloß die
Wohnungstür ab und ging zum Auto. Fuhr zurück
zur Arbeit. Den Rest des Tages grübelte ich. Führte
sie mich an der Nase herum? Was war hier eigentlich los? Ich wollte sie nicht in tiefe Verlegenheit
stoßen, ich wollte ihr die Chance lassen, mit offenen Karten zu spielen. Ich finde, das gehört sich
so in einer Ehe. Vermutlich war ihr auf dem Weg
zum Kurs schlecht geworden, und sie war nach

79

Hause gefahren, weil sie keine Kraft hatte, sich den Pflichten dieses Tages zu stellen. Ich machte Feierabend, fuhr wie immer nach Hause und stellte fest, daß sie nicht mehr da war. Es sah so aus, als säße sie bei ihrem Computerkurs. Sie kam wie immer um acht nach Hause. Und sie sagte nichts. Spät verzehrten wir ein Fertiggericht aus der Tiefkühltruhe.

Das war das pure Mysterium. Sie aß, als sei nichts passiert. Etwas wie eine plötzliche Krankheit oder ein Unwohlsein erwähnte man doch wohl dem Mann gegenüber, mit dem man verheiratet war. Daß sie das nicht tat, mußte etwas zu bedeuten haben. Also warf ich meine Köder aus.

Wie war es denn heute beim Kurs? fragte ich beiläufig. Sie gab sich alle Mühe, einige trockene Reiskörner auf ihrer Gabel zu bändigen.

Gar nicht so schlecht, murmelte sie. Ich schluckte diese offenkundige Lüge zusammen mit einem Schuß Sojasoße. Wie sollte ich mich verhalten? War es möglich, daß sie eine Affäre hatte?

Diesen Gedanken wies ich sofort zurück. Nicht Lillian, das wäre mir aufgefallen. Nicht nur Frauen spüren es, wenn sie hintergangen werden. Ich aß ruhig weiter.

Es geht jetzt aufs Ende zu, sagte ich. Hast du langsam genug?

Das kommt schon vor, sagte sie und stocherte weiter im Reis herum. Aber ihr Blick ging ins

Leere. Vielleicht hatte sie einen schlechten Tag, dachte ich.

Am nächsten Morgen stand ich wie immer um sieben auf. Ich wartete geduldig, bis sie reisebereit war, dann fuhr ich sie zur Bahn.

In der Mittagspause lief ich zum Auto und jagte nach Kolsås. Ich schob behutsam den Schlüssel ins Schloß und drehte ihn vorsichtig um. Schlich mich in den Flur. Ging zur Schlafzimmertür und schaute durchs Schlüsselloch. Ihr einer Fuß lugte unter der Decke hervor. Ich blieb eine Weile stehen und zerbrach mir den Kopf. Das mußte doch zu einer Konfrontation führen. Der Chef hatte für den Kurs bezahlt, und Lillian schwänzte. Vermutlich würde sie nicht einmal ein Zertifikat erhalten. Es mußte noch an diesem Abend sein. Ich brauchte nur zu fragen, und dann mußte sie antworten. Ob es eine Szene geben würde, mußte sich dann eben zeigen. Es gab in unserer Ehe nur selten Szenen, aber manchmal ging es nicht anders. Warum sollten wir es besser haben als andere? Naiv war ich noch nie gewesen. Überall gab es Szenen. Das sagten jedenfalls Arvid und Steinar. Angst hatte ich nicht. Ich wußte ja gar nicht, ob Lillian toben und schreien würde, wenn ich sie mit ihrer Schwänzerei konfrontierte. Alles war möglich. Ich verließ den Block und fuhr zurück zur Arbeit. Arvid meinte, ich wirke zerstreut, und das bestätigte ich. Ja, ich bin heute nicht ganz da. Ich muß mir allerlei überlegen, sagte ich. Arvid nickte. Ja, wer muß das nicht, sagte er in seiner ernsten Art.

Sie kam um Punkt acht nach Hause. Ich hatte mir verschiedene Herangehensweisen an das Problem überlegt, wußte aber nicht so recht, welche sich am besten eignen würde. Es gab die Variante, es dann anzugehen, wenn wir auf dem Sofa saßen und das Essen verdauten, wenn sie ihren wunderbaren Kaffee gekocht hatte und wir beide müde und satt waren.

Lillian, konnte ich sagen. Ich muß etwas mit dir besprechen.

Dann würde sie mich erstaunt ansehen, etwas ängstlich, da sie ja ein schlechtes Gewissen hatte. Oder ich konnte die Sache direkter angehen, ihr die Pistole auf die Brust setzen und keine Ausweichmöglichkeit lassen. Ihr ganz einfach einen kurzen Vortrag halten. Darüber, wie ich, aus purem Zufall, ihr Geheimnis entlarvt hatte. Oder ich konnte sie mit freundlichem, mildem Blick ansehen. Sie festhalten, zugleich aber Forderungen stellen.

Lillian, konnte ich beginnen. Hast du mir etwas zu sagen?

Wir hatten nicht viel Übung in solchen Konfrontationen. Aber ich konnte unmöglich so tun, als wüßte ich von nichts. Außerdem machte ich mir Sorgen, schließlich war sie meine Frau. Vielleicht hatte sie Probleme, von denen ich einfach nichts wußte. In diesem Fall hatten wir jetzt eine einzigartige Gelegenheit, einander näherzukommen. Das schien die optimale Lösung. Zuerst Schmerz, Wut und Reue, dann Erlösung und Wiedervereinigung.

Schließlich entschied ich mich für eine milde und behutsame Vorgehensweise. Zunächst breitete ich die Zeitung über meinen Knien aus. Dann faltete ich diese gewaltige Papiermenge sorgfältig zusammen. Ich bewegte mich langsam und überlegt, wobei ich vage vor mich hin nickte. Lillian merkte sofort, daß sich etwas zusammenbraute. Sofort zog sie die Knie an, um sich zu schützen.

Was macht denn dein Computerkurs? fragte ich. Sie zupfte an ihren Nägeln herum. Genauer gesagt, sie kratzte am Lack. Der blätterte ab und flatterte auf ihre schwarze Hose.

Nein, murmelte sie. Leicht ist das nicht gerade.

Ich kaute eine Weile auf dieser Antwort herum. Wie sollte ich weiter vorgehen? Die erste Chance, die Wahrheit zu sagen, hatte sie nicht genutzt. Ich wollte ihr noch eine Gelegenheit geben.

Hast du Mühe mitzukommen? fragte ich und griff, gleichsam zerstreut, nach der Zeitung. Sie wurde mißtrauisch.

Warum willst du das wissen? fragte sie und schaute mich trotzig an. Sie verhärtete sich. Ich war daran gewöhnt, daß sie rund und weich und verletzlich war, jetzt aber fuhr sie ihre Stacheln aus.

Ich hätte noch einen dritten Vorstoß machen und mich hinter meiner Besorgnis verstecken können, sagen, daß sie so müde aussähe oder so etwas, aber ich bin keiner, der um den heißen Brei herumschleicht, jedenfalls nicht eine Runde nach der anderen. Nachdem sie also zwei Chancen vertan hatte, kam ich zur Sache.

Na, ich meine, du warst doch zwei Tage nicht mehr da, sagte ich klar und deutlich.

Worauf sie verstummte. Eine Runzel auf ihrer weißen Stirn sagte mir, daß dahinter heftig gearbeitet wurde. Sie überlegte, ob sie ein unschuldiges Gesicht aufsetzen oder zum Gegenangriff übergehen sollte. Für einen Moment schien sich Großes anzukündigen, dann wich sie wieder zurück.

Warum sagst du das? fragte sie.

Und schob die Unterlippe vor. Ihre Stimme war hauchdünn. Mir war klar, daß das Ganze Zeit brauchen würde. Aber ich glaubte doch, eine Art Recht auf eine Antwort zu haben. Ich wollte, daß sie mein Nachhaken als Besorgnis verstand und nicht als Vorwurf. Ich behielt meinen freundlichen Tonfall bei, als ich antwortete: Ich war jetzt zweimal tagsüber zu Hause. Und da hast du schlafend im Bett gelegen.

Ja, sagte sie kleinlaut. Es klang flach und leblos. Lillian war ansonsten eine temperamentvolle Frau, ihre Stimme kannte viele Ober- und Untertöne, aus denen Leben und Hoffnung und Trotz sprachen. Jetzt war da nur dieses leere »Ja«. Dann machte sie sich über die Likörflasche her wie eine Ertrinkende über einen Rettungsring.

Bekommst du das Zertifikat auch, wenn du zwei Tage gefehlt hast? fragte ich. Da ihr Arbeitgeber den Kurs bezahlte, war das doch ein wichtiger Aspekt.

Sie umklammerte das Glas.

Ich war überhaupt nicht da, gestand sie. Wieder mit dieser leblosen Stimme.

Überhaupt nicht? keuchte ich. Jetzt hätte ich einen Cognac gebraucht, aber an diesem Punkt konnte ich doch wirklich nicht aufstehen.

Nur am ersten Tag, erklärte sie. Am ersten Tag war ich da. Aber dann hab ich einfach nur noch schwarz gesehen.

Es war ganz still, während ich diese Auskunft verarbeitete. Sie hatte also einfach nur noch schwarz gesehen. Das mußte wohl bedeuten, daß sich etwas Schwarzes, Unüberwindliches vor ihre Augen geschoben und ihr das Denken unmöglich gemacht hatte.

Aber, fragte ich weiter, du hast doch sicher Bescheid gesagt? Die müssen doch erfahren, was da los ist. Sie wissen ja, daß du keine Ahnung von Computern hast, deshalb bist du schließlich hingeschickt worden. Hast du Bescheid gesagt?

Sie trank Likör.

Es war nicht so leicht, zu Wort zu kommen, sagte

sie. Alle haben wild durcheinandergeredet. Und da waren so viele. Fünfzehn, stell dir vor. Ich mußte ganz hinten sitzen.

Ich überlegte, inwieweit es ein Hemmschuh für sie gewesen sein konnte, daß sie ganz hinten im Unterrichtsraum sitzen mußte. Offenbar war das ein Problem für sie. Aber Lillian war sonst nie um ein Wort verlegen, und deshalb hatte ich an dieser Erklärung doch meine Zweifel.

Was ist mit dem Lehrer? fragte ich. Der muß doch gemerkt haben, daß du Schwierigkeiten hattest?

Ja, sagte sie. Der meinte, ich müßte eine Schwelle überwinden. Das ist dein Problem, hat er gesagt, aber das legt sich.

Ja? fragte ich.

Wütend warf sie den Kopf in den Nacken.

Es hat sich eben nicht gelegt, sagte sie.

Ich versuchte, ihren Gedanken zu folgen. Sie war zum ersten Unterrichtstag erschienen und in Panik geraten, dann war sie weggelaufen und hatte sich unter der Bettdecke verkrochen. Das zeugte von Unreife und Hilflosigkeit und paßte absolut zu Lillians Persönlichkeit, so wie ich sie kannte.

Aber was hast du denn die ganze Zeit gemacht? fragte ich. Während du darauf gewartet hast, daß es acht wird.

Ich war in Läden, sagte sie leise.

In Läden?

Hab Kleider anprobiert, gab sie zu. Viele Kleider. In vielen Läden. Sie wirkte jetzt träge, wie kurz vor dem Einschlafen.

Aber das Zertifikat? fragte ich. Jørgensen rechnet doch damit, daß du mit einem Zertifikat zurückkommst?

Sie lief rot an. Als ob sie daran nicht auch gedacht hätte. Das war doch ihr Alptraum, und der Tag rückte in Sturmschritten näher. Ihr ganzer runder Körper zitterte bei dem Gedanken, während sie immer wieder das Likörglas an ihre Lippen hob. In ihr wirbelten die schrecklichen Vorstellungen von dem umher, was ihr bevorstand, und diesen Sturm wollte sie mit Likör zur Ruhe bringen.

Dann muß ich mir eben eins machen, sagte sie plötzlich.

Ich riß die Augen auf. Das konnte doch nicht ihr Ernst sein! Sie war schon ziemlich beschwipst. Ich redete schneller, damit wir die Sache hinter uns brachten, ehe Lillian ganz im Rausch verschwand. Wir mußten doch Klarheit schaffen.

Ich glaube, daß sie dir da auf die Schliche kommen würden, sagte ich nüchtern. Dann holte ich mir meine Cognacflasche, schenkte mir im Stehen vor dem Barschrank ein Glas ein und stellte die Flasche zurück. Auf diese Weise demonstrierte ich, daß es durchaus möglich ist, nur ein Glas zu trinken. Während ich ihr den Rücken zugekehrt hatte, konnte ich ihren Blick spüren. Er war wütend, schuldbewußt und trotzig in einem.

Erklär du es ihnen doch, sagte sie plötzlich. In dieser Bemerkung lag etwas Gehässiges, und zugleich war sie die jämmerliche Bitte, ich möge sie aus dieser Katastrophe retten.

Ich? Erklären? fragte ich ungläubig. Ich kann nicht zu Jørgensen gehen und dich wie ein Kind entschuldigen. Das ist dein Job, und er ist dein Chef. Du mußt an die Zukunft denken, Lillian, sagte ich sehr erwachsen und vernünftig. Du mußt da noch viele Jahre arbeiten!

Das machte sie nun wirklich fertig. Und ihr stetig anwachsender Schwips ließ auch allerlei Barrieren brechen. Plötzlich zeigte sie auf mich und starrte mich vorwurfsvoll an.

Du kannst doch immer so gut reden, fauchte sie. Es gibt doch nichts, was du nicht in Worte fassen kannst. Erklär du es ihnen! Das ist doch das einzige, was du kannst!

Erschrocken schüttelte ich den Kopf.

Ich möchte ja doch behaupten, daß ich noch andere Künste beherrsche als die, meine Gedanken in Worte zu fassen, erklärte ich und nippte am Cognac.

Das tust du nicht, widersprach Lillian heftig, und ich sah, daß sie nun alle Sperren durchbrach, daß alles in ihr sich losriß und davonfluten wollte.

Du bist ein vertrottelter Lagerarbeiter! rief sie.

Du kletterst den ganzen Tag auf einer Trittleiter herum, in deinem idiotischen blauen Kittel, und hältst dich für Gottweißwen. Pusselst mit Weihnachtsmännern und Servietten herum. Das findest du wichtig. Das einzige, was du kannst und was ich nicht kann, ist Autofahren. Aber auch das kannst du eigentlich nicht. Hinter uns bilden sich immer lange Schlangen. Und du merkst es nicht einmal. Du benimmst dich, als wärst du ganz allein auf der Straße.

Diese Behauptungen warfen mich einfach um. Es stimmt, ich habe sehr viele Fahrstunden gebraucht, ehe mir endlich der Führerschein ausgehändigt wurde, aber ich fahre vorsichtig und rücksichtsvoll. Einen vertrottelten Lagerarbeiter hatte sie mich genannt. Weihnachtsmänner und Servietten. Ich muß zugeben, daß ich einen weiteren Schluck Cognac trank, weil mir dringend danach war.

Das ist eine Arbeit, die auch getan werden muß, sagte ich, so fest ich konnte. Es ist nämlich nicht so, daß diese riesigen Kartons aus Thailand und China sich allein auspacken. Und auch wenn wir durchaus schon Aufziehkaninchen und Autos mit Batterieantrieb in unserem Warensortiment gehabt haben, so habe ich doch nie erlebt, daß sie von selbst einen Platz in den Regalen gefunden hätten. Und außerdem, sagte ich, sind sie dann immer noch nicht mit dem richtigen Preis ausgezeichnet. In Thailand haben sie nämlich eine andere Währung als bei uns. Jedes einzelne Preisschild muß beschriftet und angebracht werden, damit du als Kundin an den Regalen entlanggehen und sehen kannst, was welcher Gegenstand kostet. Es ist ja informativ für mich zu erfahren, daß du das Rösten von Kaffeebohnen für so viel wichtiger hältst. Wichtig ist aber, daß man aufsteht und zur Arbeit geht, Lillian. Daß man dazu beiträgt, ein gutes Arbeitsklima zu schaffen. Daß man pünktlich und zuverlässig und genau ist.

Beim Job hab ich noch nie blau gemacht, sagte sie wütend.

Nein, erwiderte ich. Aber beim Kurs. Das mit dem Kurs mußt du in Ordnung bringen! Ich tat so, als ginge es mir noch immer um ihr Problem. In Wirklichkeit aber war ich verletzt. Das Gefühl, das wir unserem Gegenüber entgegenbringen, wird immer Schwankungen unterliegen. Darauf war ich vorbereitet gewesen. Aber jetzt schlich sich etwas anderes in unser Verhältnis ein. Etwas Fremdes, etwas, das ich noch nie erlebt hatte, an keinem einzigen Tag seit unserer ersten Begegnung. Nicht nur, daß meine Gefühle für sie nachließen, nicht nur, daß sie mich verletzt hatte. Es war schlimmer. Ich konnte sie nicht leiden. Das war eine unangenehme Erkenntnis. Daß Gefühle steigen und sinken, daß man für kurze Momente vom Alleinsein träumt, ist das eine. Aber ich konnte sie nicht leiden. Ich saß mit meiner Frau auf dem Sofa, wir waren vor Gott und den Menschen miteinander verheiratet, wir sollten den Rest unseres Lebens miteinander verbringen, aber ich konnte sie nicht leiden. Ich empfand einen tiefen, scheußlichen Widerwillen gegen diese runde, trotzige Frau, das spürte ich rein körperlich. Am liebsten wäre ich weggekrochen, um ihrer Aura aus Trotz zu entgehen. Ich wäre gern aus dem Zimmer verschwunden. Die Liebe fällt, dachte ich. Und das schlimmste war: Ihr ging es genauso. Sie konnte mich auch nicht leiden. Da saßen wir dicht nebeneinander auf einem Sofa, beide mit einem Glas in der Hand, durch Unterschriften, Versprechen und Gewohnheiten aneinander gebunden. Aber wir konnten einander nicht leiden. Diese Erkenntnis, die uns vielleicht beiden gleichzeitig kam, ließ eine bedrohliche Stille entstehen. Aber ungeachtet dieser Stille war ich weiterhin handlungsfähig. Wir stecken in einer Krise, dachte ich. Was fällt, kann man wieder aufheben. Es war eine Frage des Wollens. Ich suchte im Gewirr meiner Erfahrungen nach einer Lösung. Fand Bruchstücke eines Hollywoodfilms. Eine gewaltige sexuelle Anziehungskraft hatte schon viele Paare vor der Katastrophe gerettet. Plötzlich machten sie sich übereinander her, denn das physische Begehren forderte, ganz und gar unabhängig vom Intellekt, sein Recht. Ich schielte zu Lillian hinüber, aber sie sah nicht sonderlich zugänglich aus. Ich mußte eine andere Lösung finden. Ein Loch in den Ballon stechen, dachte ich. Zur Sache kommen. Mann sein. Den Computerkurs und meinen verletzten Stolz vergessen. Über das allerwichtigste sprechen. Unsere Beziehung.

Ich nahm Anlauf. Lillian saß verkrampft und trotzig einen Meter von mir entfernt.

Ich glaube, wir haben hier eine Krise, sagte ich energisch und schaute ihr in die Augen.

Hä? fragte sie und glotzte. Sie war weit weg gewesen.

Ja, sagte ich. Unsere Beziehung ist in einer Krise. Ich glaube, wir müssen darüber reden.

Sie glotzte noch immer. Dann prustete sie los. Das Lachen sprühte nur so aus ihrem Schmollmund. Krise? schrie sie. Wir und Krise?

Ihr Lachen war nicht so schön und anziehend wie sonst. Es war höhnisch.

Ja aber dann rede doch, Jonas. Rede über unsere Krise. Ich sterbe ja glatt vor Neugier!

Sie trank weiter Likör. Ich ließ die Schultern hängen. Die Götter wissen, daß ich ein geduldiger Mann bin. Aber jetzt war es an der Zeit, diesem hysterischen Kind ins Gewissen zu reden.

Wir Menschen lösen unsere Probleme mit Hilfe des Wortes, sagte ich. Eben weil wir die feinen Nuancen damit klarstellen können. Das unterscheidet uns von den Tieren.

Nach der Sache mit den Tieren wollte Lillian sich ausschütten vor Lachen.

Wir müssen hier Ordnung schaffen, fuhr ich fort, ohne mich von ihren Lachsalven anfechten zu lassen, wir sind doch erwachsene Menschen. Als erstes müssen wir das mit dem Kurs klären. Überlegen, was du in der Rösterei sagst. Zu Jørgensen.

Ich scheiß auf Jørgensen, nuschelte sie.

Wir müssen eine Lösung finden, beharrte ich.

Sie kicherte leise vor sich hin, während ich nachdachte.

Das beste wäre sicher, einfach die Wahrheit zu sagen. Morgen. Morgen rufst du ihn an und erklärst ihm alles. Ich fände das wirklich die redlichste Lösung, sagte ich voller Eifer, denn ich sah, daß meine Großzügigkeit unsere Rettung bedeuten konnte.

Auf diese Weise in Panik zu geraten, das passiert uns Menschen doch immer wieder, sagte ich. Als wir bei Tybring-Gjedde das Kassensystem umgestellt haben, da hättest du mal Kitty und Åse und die anderen Frauen sehen sollen. Die konnten nachts kaum noch schlafen. Solche Dinge kann man erklären. Wahrscheinlich wirst du sogar Jørgensens Achtung gewinnen, wenn du in dieser Sache ehrlich bist.

Ich war viel zu sehr bei der Sache, um zu kontrollieren, ob sie wirklich zuhörte. Ich redete und redete.

93

Natürlich wird Jørgensen einsehen, daß er besser eine andere zu diesem Kurs geschickt hätte, sagte ich. Ihm wird auf jeden Fall klar sein, daß das Geld verloren ist. Aber er ist der Chef einer Firma, und als solcher wird er die Sache professionell angehen. Er hat sicher schon allerlei erlebt in seiner Position. Und eins steht fest, fügte ich schalkhaft hinzu. Fressen wird er dich nicht!

Ich hatte auf ein kleines Lächeln von Lillian gehofft, aber das blieb aus.

Du bist so albern, sagte sie plötzlich. So albern, wenn du redest. Fast wie eine alte Tante.

Ich trug eine graue Terylenhose und ein hellblaues Hemd. Meine Stimme war viel tiefer als ihre, und ich wies eine Spur von Bartwuchs auf. Deshalb hatte ich keine Ahnung, worauf sie da hinauswollte.

Und dann spreizt du immer die Finger, setzte sie nach. Auf eine so mädchenhafte Weise.

Ich musterte kurz meine Hände und sah Lillian zweifelnd an.

Und wenn du gehst, dann stolzierst du beinahe, sagte sie.

Jetzt finde ich dich reichlich unsachlich, stammelte ich. Ich habe immer eine gute Haltung angestrebt, deshalb drücke ich den Rücken durch und ziehe die Schultern nach hinten.

Sonst geht aber kein Mensch so, behauptete sie. Das sieht so blöd aus.

Ich verstummte, als sie diese Behauptungen auf-
tischte.

Du planst einfach alles, fuhr sie fort. Wenn du
beim Essen Wasser einschenkst und wenn du deine
Brille putzt, immer folgst du einem Plan. Als wärest
du bei einem Film dabei und säßest ununterbrochen vor der Kamera.

Können wir bei der Sache bleiben? fragte ich.

Ich lasse mich krank schreiben, sagte sie.

Ich blickte sie verstört an. Was? Das ist doch
keine Lösung.

Doch, sagte sie. Für eine oder zwei Wochen
schon.

Und dann? Was hast du dann vor?

Wieder zur Arbeit gehen.

Dann schickt er dich vielleicht zu einem neuen
Kurs. Was sagst du dann?

Das weiß ich doch jetzt noch nicht, fuhr sie auf.
Ich kann ja wohl eins nach dem anderen angehen.

Das heißt doch nur, daß du das Problem vor
dir herschiebst, sagte ich unzufrieden; gleichzeitig
lauschte ich dem nach, was sie gesagt hatte. Daß
ich die Finger spreizte und redete wie eine alte
Tante. Ich konnte an nichts anderes denken, der
Ausdruck »alte Tante« hallte in meinem Kopf wi-
der, und ich verschränkte die Hände hinter dem
Rücken, um sie ruhig halten zu können.

Ja, das muß man manchmal sein, sagte sie trotzig und nahm sich noch einen Likör. Ich geh mor-

95

gen zu einem Arzt und lasse mich krank schreiben. Wegen Streß am Arbeitsplatz. Das machen im Moment doch viele.

Ich schlug demonstrativ die Arme übereinander. Lillian wußte einfach nicht mehr, was sie da für einen Unsinn redete. Ich überlegte, ob sie sich vielleicht einem Zusammenbruch näherte. So etwas kam doch vor. Sie war schließlich in dem Alter, in dem hormonelle Kriege wüten können.

Und was ist mit uns? fragte ich gebieterisch. Sollten wir nicht auch dafür eine Lösung finden? Zwischen uns ist ja durchaus nicht alles so, wie es sein sollte, da stimmst du mir sicher zu.

Ich sag doch, daß ich mich krank schreiben lassen will, antwortete sie und wischte mit dem Finger die Neige aus ihrem Glas.

Du willst dich also auch aus unserer Beziehung krank schreiben lassen?

Krank geschrieben ist ja wohl krank geschrieben, sagte sie mürrisch.

Da stand ich auf und ging zum Fenster. Ich starrte zum Kolsåstoppen hinüber, der schwarz und drohend in der Ferne aufragte. Ich bin kein sentimentaler Mensch, und ich war nicht von Trauer erfüllt, als ich dort am Fenster stand. Ich war nur schrecklich verstört.

Ich ging früh ins Bett. Es wäre ein dramatischer Effekt gewesen, einfach so ins Schlafzimmer zu marschieren, aber ich beschloß, mir die Zähne zu putzen und mich zu kämmen. Solche Rituale sind wichtig. Diese kleinen Dinge geben den Menschen Halt. Ich war bald eingeschlafen. Als am nächsten Morgen der Wecker klingelte, drehte ich mich auf die Seite, um nach Lillian zu sehen. Sie schlief tief und lautlos. Es gab keinen Grund, sie zu wecken oder den Versuch zu unternehmen, etwas Vernünftiges aus ihr herauszuholen. Ich stand einfach auf, machte mich zurecht und frühstückte. Als ich später mit dem Mantel über dem Arm in der Küche stand, kam mir in den Sinn, daß ich ihr doch einen freundlichen Gruß hinterlassen könnte. Ich schrieb: Hoffentlich geht es dir heute besser. Den Zettel legte ich auf die Anrichte. Dann fuhr ich zur Arbeit.

Es tat gut, an etwas anderes denken zu können. Arvid hatte zugenommen, das fiel mir auf, er war jetzt über Vierzig und nahm allmählich die Form einer Tonne an. Steinar war immer schon reichlich übergewichtig gewesen. Steinar konnte solche Mengen an Essen in sich hineinstopfen, daß es nicht glaubte, wer es nicht mit eigenen Augen gesehen hatte, und ich sah es oft. Bei unserer Weihnachtsfeier in der Firma stand er zum Beispiel immer zu einem gewissen Zeitpunkt auf und fiel vor dem Tisch auf die Knie. Und dann aß er kniend weiter. Oberhalb der Tischkante war nur noch sein Kopf zu sehen. Er erklärte, daß er, wenn er seinen

Magen auf diese Weise lagere, mehr Platz zum Essen habe. In einem stetigen Strom verschwanden Dinge in seinem Schlund. Doch wurde er durch sein Gewicht nicht langsam. Im Gegenteil, er war schnell und effektiv. Sein Atem aber hörte sich schon bei der geringsten Anstrengung an wie ein Blasebalg.

Das Radio war wie immer auf den Sender P4 eingestellt, jedenfalls bis elf, denn dann schaltete ich zum Kulturkanal P2 um; ich konnte das Gefasel des einen Moderators von P4 einfach nicht ertragen. Um zwölf schaltete ich wieder zurück. Wenn die leichte Popmusik dudelte, ging einem die Arbeit leicht von der Hand. Ich überlegte, ob ich etwas über Lillian sagen sollte. Die anderen erwähnten ihre Frauen im Zusammenhang mit irgendeinem Problem meistens ab und zu in einem Nebensatz. Um ein wenig Dampf abzulassen. Ich hatte mit einem gewissen Stolz verkündet, daß Lillian jetzt einen Computerkurs machte, und mir ging auf, daß die anderen auf die Idee kommen könnten, sich nach ihren Fortschritten zu erkundigen. Wenn ich sie erwähnte, und sei es nur in einem Nebensatz. Deshalb ließ ich es bleiben. Ich war vielleicht ein wenig schweigsamer als sonst, auch wenn meine Verstörung im Laufe des Tages weitgehend gewichen war. Ich dachte, vielleicht ist es sinnvoll, wenn sie sich krank schreiben läßt. Sicher braucht sie eine Pause. Ich mische mich nicht ein und lasse ihr eine oder zwei Wochen lang ihre Ruhe, wenn sie das braucht. Eine Krankschreibung ist ja noch kein Weltuntergang. Bestimmt ist sie danach wieder die alte. Mir ging auch durch den Kopf, daß wir seit einem Jahr nicht einen Tag voneinander getrennt gewesen waren. Und nicht eine Nacht. Wenn sie vielleicht mit Freundinnen einen Kurzurlaub machen könnte, dachte ich, wenn sie ihre Kolleginnen mitnehmen könnte. Dann könnten sie übers Wochenende zusammensitzen und alle ihre Probleme ventilieren, was immer das für Probleme sein mochten. Sie mußte einfach wieder an einen Nullpunkt gelangen. Von da an würde alles zwischen uns neu keimen. Als ich mir das überlegt hatte, entspannte ich mich. Den Rest des Tages arbeitete ich effektiv und systematisch. Vielleicht öffnete das, was vorgefallen war, ihr die Augen. Auch sie mußte Reisig zu unserem Feuer bringen. Sie war ja nicht direkt unklug. Nicht intelligent, nicht gerade klarsichtig, aber dumm war sie nicht.

Ich war überaus ruhig und ausgeglichen, als ich nach Feierabend nach Hause fuhr, überzeugt davon, daß sie ihren Rausch längst ausgeschlafen, daß sie sich nach besten Kräften zurechtgemacht und einen Arzt aufgesucht hatte. Um sich für eine oder zwei Wochen krank schreiben zu lassen. Für Lillian mit dem verlorenen grünen Blick und dem rosa Mund war das doch eine Kleinigkeit. Vielleicht hatte die Erleichterung darüber, daß sie diese Nische in einem anstrengenden Alltag gefunden hatte, ihr sogar so viel Energie eingeflößt, daß sie für mich kochte. Meine Phantasie ging ein wenig mit mir durch, während ich heimwärts in Richtung Kolsås fuhr. Aber das Wohnzimmer war leer. Ich schaute im Schlafzimmer nach. Sie lag im Bett, aber eine aufgeschlagene Illustrierte sagte mir, daß sie wach war.

Wie ist es gelaufen? fragte ich, interessiert, aber absolut in der Defensive.

Gut, sagte sie gleichgültig und blätterte weiter.

Du bist also krank geschrieben?

Ja, sagte sie und blätterte erneut um.

Für wie lange denn? wollte ich wissen. Ich trat ungeduldig von einem Fuß auf den anderen, denn ich fand, ich hätte eine Art Recht, danach zu fragen. Wir waren immerhin ein Paar. Unsere Beziehung ächzte momentan zwar in ihren Fugen, aber wir wohnten noch immer unter einem Dach und würden so weitermachen, bis der Tod uns schied.

Vier Wochen, verkündete sie zufrieden.

Ich muß zugeben, daß ich nach Luft schnappte. Das war doch ganz schön lange. So leicht ging das also? Aber was hatte sie in diesen vier Wochen vor? Likör trinken?

Ich blieb in der halboffenen Tür stehen, während ich im Hinterkopf einen leichten Druck wahrnahm. So etwas kannte ich nicht, mein Körper meldete sich sonst nie zu Wort, und ich stutzte ein wenig angesichts dieses fremden Gefühls.

Aber warum liegst du im Bett? fragte ich und hob eine Hand an meinen Hinterkopf.

Sie drehte sich auf die Seite und schaute mich mit leerem Gesicht an.

Ich bin doch krank geschrieben, erklärte sie.

Ja, ja, das habe ich schon verstanden. Aber geht es dir auch schlecht?

Das war offensichtlich eine überaus törichte Frage. Jetzt ließ sie sich nicht einmal mehr zu einer Antwort herab.

Und wie lange willst du nun liegenbleiben? Ich verspürte eine keimende Irritation, für die ich viele Gründe hätte anführen können, unter anderem Hunger.

Bis ich mich besser fühle, antwortete sie schlicht.

Ich gab auf und ging zurück ins Wohnzimmer. Dort blieb ich einen Moment lang stehen und dachte nach. Wurde jetzt von mir erwartet, daß ich ihr etwas zu essen vorsetzte, wo sie doch krank geschrieben war? Oder konnte ich mir die Freiheit nehmen, mir eine schnelle Mahlzeit zuzubereiten, ein Käsebrot zum Beispiel? Plötzlich fiel mir etwas Wichtiges ein, und ich stürzte zurück ins Schlafzimmer. Sie hatte die Illustrierte auf den Boden fallen lassen und sich auf den Rücken gedreht.

Was hat Jørgensen gesagt? fragte ich neugierig.

Eine Ewigkeit verging, ehe sie die Augen öffnete.

Weiß nicht, sagte sie.

Aber du hast ihn doch angerufen?

Nein.

Er weiß es also noch nicht?

Sie seufzte unangemessen tief und lange.

Die glauben doch, daß ich beim Computerkurs bin, sagte sie ärgerlich.

Und das sollen sie auch weiter glauben? Ich verdrehte die Augen.

Der Arzt schickt die Krankschreibung mit der Post, erklärte sie. Morgen hat Jørgensen sie auf dem Tisch.

Ich ging in die Küche und öffnete den Kühlschrank. Der freundliche Zettel, den ich am Morgen geschrieben hatte, lag noch auf der Anrichte. Ich briet mir zwei Spiegeleier. Das hier ging wirklich zu weit. Sie hatte sich ja praktisch aus dem Leben abgemeldet. Ich hatte von solchen Zuständen gehört, glaubte aber, daß dazu noch andere Symptome gehörten, Angst zum Beispiel oder Verzweiflung. Was ich sah, war pure Gleichgültigkeit. Nichts würde in ihrem übergewichtigen Körper keimen und wachsen, das wußte ich jetzt. Rein gar nichts. Jedenfalls keine Liebe. Also war das wohl meine Aufgabe, wo sie doch krank geschrieben war. Ich muß zugeben, daß ich das ungerecht fand. Es kam nämlich vor, daß auch ich erschöpft war, ein seltenes Mal zwar nur, aber es kam vor. Ich schlug die Eier am Pfannenrand auf und lauschte

102

dem Zischen der Butter. Nach und nach konnte ich folgendes denken: Wie kann ich die Sache zu meinem Vorteil wenden? Wenn Lillian vier Wochen lang im Bett liegen wollte, würde ich doch gewissermaßen ein wenig von meinem alten Junggesellenleben zurückgewinnen. Ich konnte ins Kino gehen und mir die Filme anschauen, in die sie niemals mitkommen würde. Ich konnte im Fernsehen sehen, was ich wollte, und mir kochen, was ich wollte. Ich würde der Herr im Haus sein. Der war ich zwar immer gewesen, aber ich hatte ja Lillian Zutritt gewährt, in der Küche und anderswo. Vielleicht war es sogar gut, wenn sie einfach liegenblieb. Dann würde sie nach den vier Wochen selbst entscheiden müssen, wie es weitergehen sollte. Ich verzehrte meine Eier in aller Ruhe, muß aber gestehen, daß ich auf Geräusche aus dem Schlafzimmer horchte. Früher oder später muß sie doch zur Toilette gehen, dachte ich, oder etwas essen. Eine Weile hält sie sicher durch, aber bestimmt nicht länger als bis zum Abend. Wenn sie nicht schon gierig die Schränke ausgeräumt hatte, während ich bei der Arbeit gewesen war, und bis zum nächsten Tag ohne Essen auskam. Ich spülte den Teller unter dem Wasserhahn ab und setzte mich mit einem guten Buch aufs Sofa. Langsam kam ich zur Ruhe. Eine behagliche Stille senkte sich über die Wohnung. Ich hatte schon lange keinen solchen Frieden mehr empfunden.

Einige Tage vergingen. Dann rief Schwiegermutter Alfhild an. Ich sah keinen Grund, Lillian zu decken, und deshalb sagte ich wahrheitsgemäß, daß sie krank geschrieben sei. Alfhild befahl sofort, ich solle Lillian holen, und das tat ich denn auch. Ich setzte mich demonstrativ aufs Sofa und hörte dem Gespräch zu. Lillian war nie beredt gewesen, und wenn sie mit ihrer Mutter sprach, hörte sie sich an wie ein kleines Kind, dem eine Erklärung abverlangt wird. Ich bin sicher nur überarbeitet, hörte ich sie sagen. Bei uns im Büro sind Computer eingeführt worden, und das ist schrecklich schwer. Voller Staunen hörte ich mir diese Lügen an, während ich vorgab, in die Zeitung vertieft zu sein. Dann schwieg Lillian eine Weile, offenbar war ihre Mutter mit Ermahnungen, Trost und guten Ratschlägen bei der Hand. Lillian stand neben dem Telefon, hielt den Hörer in der Hand und nickte.

Sie fing an, das Bett hin und wieder zu verlassen. Besonders mitteilsam war sie jedoch nicht. Das änderte sich erst eines Abends, als sie nach der Dusche aus dem Badezimmer kam. Sie blieb in der Tür zum Wohnzimmer stehen und schaute mich triumphierend an. Ihre Stimme hatte einen Klang, wie ich ihn noch nie gehört hatte.

Sie sagte: Ich hab vier Kilo abgenommen!

Ich ließ die Zeitung sinken und starrte sie an. Bei uns wurde nie vom Abnehmen geredet. Lillian interessierte sich nicht weiter dafür, und wenn doch, dann verbarg sie das gut. Jetzt hatte sie also vier Kilo abgenommen, und das beeindruckte sie gewaltig. Sie richtete sich kerzengerade auf und machte sich eifrig an allerlei kleine Arbeiten. Ich hatte mir vorgestellt, daß sie nach so vielen Tagen im Bett schlapp sein würde, aber statt dessen schien sie von einer neuen Energie erfüllt. Sie verschwand wieder im Badezimmer und blieb lange dort. In regelmäßigen Abständen hörte ich Wasser fließen, ich hörte, wie Schranktüren geöffnet und geschlossen wurden, Deckel, die klirrend zu Boden gingen, das Brummen ihres Föns. Als sie herauskam, würdigte sie mich keines Blickes. Aber sie sah sehr gut aus. Ich nahm das als Zeichen der Gesundheit. Sie war durchaus nicht abgestürzt, sie war auf dem Weg zurück. Ich stellte mir vor, daß sie zum Arzt eilen würde, um sich gesund zu melden, aber das tat sie nicht. Sie steckte ihre Energie in ganz andere Dinge. Auch dem Haus widmete sie einiges an Zeit, nicht nur sich selbst. Sie schaute oft im Laden der Heilsarmee vorbei und kam jedesmal mit einer braunen Tüte voller Kleider zurück. Dann wurde im Schlafzimmer anprobiert und verworfen. Jeden Tag hatte sie etwas Neues an. Oder etwas Altes, wenn man so will. Keinesfalls wollte ich den Funken ersticken, der da plötzlich in ihr entzündet worden war, deshalb verkniff ich mir alle Kommentare, solange sie mich nicht fragte. Sie fragte mich nicht. Ich saß stumm auf dem Sofa und musterte sie. Sie aß jetzt Knäckestatt Weißbrot, und sie ging sparsamer mit dem Likör um, auch wenn sie nicht ganz ohne auskam. Sie wurde schlanker. Sie sah besser aus. Aber zugleich fremd, dachte ich. Sogar ihr Lachen war ein anderes, es klang kontrollierter. Sie strahlte Ernst aus, nicht mehr diese Verzweiflung, aber auch nicht die ansteckende Munterkeit von früher. Statt dessen Ernst. Eine Art Strenge. Mich hatte sie schon seit Wochen nicht mehr an sich herangelassen. Ich bin ein geduldiger Mann, aber ich muß zugeben, daß ich oft im Bett lag und mir so allerlei wünschte. Sie war ganz und gar verschlossen. Nirgendwo war eine Öffnung zu erkennen. Ab und zu phantasierte ich darüber, wie ich wartete, bis sie eingeschlafen war. Wie ich mich dann unter die Decke stahl und zugriff. Es ist schon seltsam, dachte ich, wenn man sich erst einmal an Frauen zu schaffen macht, dann kann es sein, daß sie anspringen, so im Halbschlaf. Die Zeit ihrer Krankschreibung ging dem Ende entgegen. Lillian nahm immer weiter ab. Und unsere Ehe trat in eine neue Phase ein.

In eine Phase ohne erotische Begegnungen. Ohne auch nur eine einzige Berührung. Wir mußten uns beide selber behelfen. Ich rede hier nicht über Ehebruch, aber es ist nun einmal so, daß wir Menschen erfinderisch sind, vor allem in der Not. Nur war ich nicht darauf vorbereitet gewesen, daß diese Phase einfach kein Ende nehmen würde. Daß Lillian zu einem Irritationsmoment werden würde. Da sie mich nicht mehr ansprach, da sie mich nur noch mit tiefer Gleichgültigkeit betrachtete, wurde sie zu etwas, das an meinen Nerven zerrte. Daß ein Mensch, der uns komplett gleichgültig begegnet, weiterhin in unserem Zuhause herumläuft und tut, was er will, macht jede Stunde zu einer neuen Qual. Immer häufiger verspürte ich diesen Druck im Hinterkopf. Die Vorstellung, daß dort womöglich eine Geschwulst saß, nahm allmählich Gestalt an. Anfangs verlor ich kein Wort darüber. Lillian wurde mir immer fremder. Plötzlich ließ sie sich die Haare kurz schneiden, wodurch sie schlanker wirkte. Die Badezimmerwaage stand strategisch plaziert auf dem Küchenboden, vor einem Spiegel in Menschengröße. Jeden Morgen wog sie sich. In ihrem Gesicht malte sich keine Freude, wenn sie auf der Waage stand. Sie schaute zielstrebig vor sich hin, aber ich wußte nicht, was sie sich dabei dachte, was sie vorhatte. Sie trat in einen Schminkclub ein und bekam allmonatlich Pakete, die alle möglichen

Tiegel und Töpfe enthielten. Und die Tage, an denen diese Pakete eintrafen, verbrachte sie im Badezimmer.

Ich hätte ein Garderobenständer sein können, so wenig sichtbar war ich. Und wäre ich wirklich ein Garderobenständer gewesen, dann hätte sie sofort einen Mantel über mich geworfen, um mich nicht sehen zu müssen. So dachte ich. Ich war nie laut geworden, aber ich muß gestehen, daß ich es jetzt wurde. Es lag an diesem Druck im Kopf, ich mußte mich abreagieren. In aller Einfachheit natürlich, Lärm liegt mir eigentlich nicht. Aber es tat mir gut, den Fernseher lauter zu drehen als sonst, vor allem, wenn ich mir etwas ansah, das ihr nicht gefiel. Und ich schlug etwas härter mit der Tür, wenn ich das Zimmer verließ. Ich rüttelte mit der Besteckschublade, wenn ich ein Messer brauchte, und wenn ich die Spülmaschine leerte, ließ ich Gläser und Untertassen heftig klirren. Anfangs reagierte sie nicht weiter, aber nach und nach kam es vor, daß sie mich verwundert ansah. Später entwickelte sie eine verärgerte Falte am Mundwinkel.

Ich will mich jetzt nicht besser machen, als ich bin. Aber ich habe nie aufgehört, Reisig für unser Feuer herbeizutragen. Und sie begriff nicht einmal, daß ich das tat. Ich sagte, na, du bist aber schlank geworden, Lillian. Du hast aber Charakterstärke. Wer hätte das gedacht?

Anders als sie dachte ich langfristig. Ich dachte: Irgendwann werde ich sterben. Irgendwann werde ich daliegen, an die Decke starren und auf den Tod warten. Und dann werde ich auf mein Leben zurückblicken. Ich werde mich an alles erinnern, und in der Gewißheit, daß ich immer meine Pflicht getan habe, werde ich zufrieden ruhen. Daß ich meinen Teil jener Abmachung eingehalten habe, die durch eine Hochzeit besiegelt wird. Im Laufe der Monate aber setzte mir das alles arg zu. Ich brauchte eine Veränderung. Bevor ich Lillian begegnete, hatte ich in der Hoffnung gelebt, eine wie Lillian kennenzulernen. In der Zeit meiner Verliebtheit hatte ich von dieser Verliebtheit gelebt. Jetzt hatte ich nichts, wovon ich leben konnte. Ich ging ins Lager und widmete mich den Waren. Versuchte, Begeisterung zu entwickeln für alles, was wir auspackten und ins Regal legten. Für rote und gelbe Weinkaraffen aus Bleikristall. Für Trainingsanzüge. Thermosocken und Pralinenschachteln. Ich beobachtete heimlich Arvid und Steinar, um herauszufinden, ob es ihnen ähnlich ging wie mir. Allerdings glaubte ich das nicht. Arvid hatte seinen Gott. Steinar hatte das Essen. Das Essen war sein Lebenszweck, immer gab es eine neue Mahlzeit, auf die er sich freuen konnte. Lillians Lebenszweck war es, weniger zu essen. Mein Lebenszweck war Lillian. Der Druck im Hinterkopf steigerte sich. Es waren keine Kopfschmerzen, es tat nicht weh. Es war ein Druck, der kam und ging, an einer ganz bestimmten Stelle. Meine Gedanken kreisten um einen Arztbesuch, aber ich schob ihn immer wieder vor mir her. Ich bin schließlich nicht wehleidig. Eines Tages, als wir ins Kabeljaufilet vertieft waren, schob ich plötzlich das Besteck weg. Ich legte mir eine Hand an den Hinterkopf, massierte die drückende Stelle und schaute verstohlen zu Lillian hinüber. Ich sagte nichts, ich massierte einfach nur und setzte eine besorgte, leicht gereizte Miene auf, so als verspüre ich plötzlich Müdigkeit oder einen Schmerz. Ich wartete darauf, daß sie etwas sagte. Daß sie zum Beispiel fragte: Was ist denn los? Aber sie schwieg. Sie registrierte, daß ich mir den Hinterkopf massierte, aber sie fragte nicht, warum. Also beschloß ich, diesem Schweigen ein Ende zu machen.

Ich frage mich, sagte ich und legte eine lange Pause ein, wie um mich vor meinen Worten und deren Bedeutung zu schützen, ich frage mich, ob ich vielleicht eine Geschwulst im Hinterkopf habe.

Und nun ließ sie endlich ihr Besteck los. Sie sah mich an, sah mich richtig an. Das hatte sie schon lange nicht mehr getan, das ging mir auf, als ich in ihre grünen Augen starrte. Sie glotzte ganz einfach.

Hier, sagte ich und massierte weiter. Da ist eine Art Druck. Er kommt und geht. Das habe ich schon lange. Ich massierte und massierte. Sie beugte sich

110

vor und legte das Kinn in die Hand. Und gerade als ich eine tiefe Zufriedenheit empfand, weil sie mich ansah, lachte sie los.

Geschwulst? Du willst eine Geschwulst im Gehirn haben?

Sie warf den Kopf in den Nacken und lachte laut und lange. Ich traute meinen Ohren nicht. Was war das denn für eine Reaktion auf ein überaus schwerwiegendes, vielleicht sogar tödliches Problem? Diese Reaktion grenzte doch schon ans Unnormale.

Es kommt durchaus vor, daß Leute Gehirngeschwülste entwickeln, sagte ich und massierte weiter, ich konnte einfach nicht aufhören, beinahe klammerte ich mich an diesen Zustand, der zweifellos eine Tatsache war, das war keine Einbildung.

Ich horche sonst nie in mich hinein oder mache mir Sorgen um meinen Körper, sagte ich, ich war immer gesund und einsatzbereit. Aber das ist ein echtes Problem.

Sie kicherte noch immer. Schließlich versuchte sie, sich zusammenzureißen und echtes Interesse zu zeigen, was ihr allerdings nicht gelang. Ja, und ist da denn eine Beule? fragte sie.

Ich tastete sorgfältig. Meine Fingerspitzen fanden nichts.

Nein, sagte ich. Die wächst vermutlich nach innen. Ich seufzte tief. Denn jetzt wurde mir der Ernst der Lage bewußt. Krebs ist eine schleichende

Krankheit, sie kann sich durch den Körper fressen, ohne daß wir es merken. Sie arbeitet sozusagen im verborgenen. Lillian spießte ein Stück Kabeljau auf ihre Gabel. Dann solltest du mal zum Arzt gehen, sagte sie. Die können dich ja scannen. Oder wie das heißt.

Ich kaute einen Moment lang auf dieser Bemerkung herum. Natürlich würde eine Untersuchung die Sache sofort ans Licht bringen. Wo die Krankenhäuser doch neuerdings so gut ausgerüstet waren. Ich selbst hatte mehrere Male die Norwegische Krebsgesellschaft finanziell unterstützt, die rennen einem ja mehr oder weniger die Türen ein. Vielleicht war es höchste Zeit, daß ich etwas zurückbekam. Gleichzeitig bestand ja aber auch die Möglichkeit, daß mir rein gar nichts fehlte. Und die Vorstellung, die Geschwulst zu verlieren, jetzt, wo ich sie einmal hatte und auch an ihr hing, war nicht sonderlich verlockend. Andererseits, dachte ich, denn ich bin ein Mann, der an vieles denkt, wenn es nicht Krebs ist, wenn es nichts so Handfestes ist wie ein wütender zellteilender Klumpen irgendwo im Gehirn, kann da dennoch etwas Diffuseres sein, etwas Selteneres. Etwas, das schwer zu diagnostizieren ist. Ich könnte zu einem Mysterium für die Ärzte werden. Es gab so viele Möglichkeiten.

Ich werd's mir überlegen, sagte ich ernst.

Sie schob die Kartoffeln in der schmelzenden Butter hin und her.

Überlegen? fragte sie. Wenn du wirklich Angst hast, daß es Krebs sein könnte, wenn du wirklich im Kopf etwas spürst, das du dir nicht erklären kannst, wenn du fürchtest, daß das eine Geschwulst sein könnte, dann brauchst du doch wohl nicht mehr zu überlegen, ob du zum Arzt gehen willst oder nicht. Dann mußt du einfach hin.

Wieder lachte sie glucksend.

Ich spürte, wie tief in mir eine heftige Gereiztheit heranwuchs. Ein Stachel, ein Dorn, der zustach. Sieh an. Jetzt will sie mir auch das noch nehmen. Und zwar so schnell wie möglich. Während sie selbst so vieles hat. Ihre Krankschreibung, ihre Gesichtsmasken und ihre Malkästen. Ihre Tuben und Tiegel.

Ich kann einen Termin für dich machen, sagte sie, unerwartet hilfsbereit.

Ich aß in bitterem Schweigen weiter.

Bei einer so einfachen Sache brauche ich keine Hilfe, sagte ich mit auserlesener Beherrschung.

Na gut. Dann eben nicht, erwiderte sie, den Mund voller Kabeljau. Aber sag Bescheid, fügte sie hinzu. Sag Bescheid, wenn du einen Termin hast. Ich will doch wissen, was dabei herauskommt. Dabei lächelte sie noch immer.

Inzwischen war ich zutiefst aufgewühlt. Da hielt sie mich doch tatsächlich zum Narren. In ihrer Gemeinheit freute sie sich darauf, mich nach dem Arzttermin in Empfang zu nehmen und zu sehen, wie mir diese ernste Sache genommen worden war. Da ist etwas in meinem Kopf, dachte ich. Da ist etwas unterwegs zu meinem Gehirn, das spüre ich, sie wird schon sehen. Sie wird ihr Lachen zurücknehmen und unzerkaut hinunterschlucken müssen.

Nach dem Essen legte ich mich aufs Sofa. Besonders müde war ich nicht, aber es signalisierte Lillian, daß sie jetzt den Tisch abräumen konnte. Was sie auch tat. Vielleicht ängstigt sie sich ja doch ein wenig, dachte ich, als ich mit geschlossenen Augen hinter meiner Zeitung lag und an der Druckerschwärze schnupperte. Sie will es nur nicht zeigen. Während ich noch auf die Geräusche lauschte, die sie machte, überlegte ich mir, wie lange ich den Arztbesuch aufschieben konnte, ohne meine Glaubwürdigkeit zu verlieren. Ich wollte die Spannung so lange wie möglich auskosten. Es gab schließlich viele Möglichkeiten. Eine sich ankündigende Gehirnblutung. Zu hoher Blutdruck, was wußte denn ich, Medizin ist nicht mein Fach, aber im Laufe eines langen Lebens bekommt man ja doch dies und jenes mit.

Am Ende rief ich von der Arbeit aus an und bekam einen Termin bei Dr. Røde. Nachdem ich klargestellt hatte, daß ich ein schwer beschäftigter Mann sei, der durchaus noch zwei Wochen warten könne, wenn das die Sache erleichterte. Ich war das Wohlwollen selbst, das bin ich immer. Ich bekam einen Termin für drei Wochen später und richtete mich auf nicht weniger als einundzwanzig Tage häuslichen Dramas ein. Jetzt war ich an der Reihe. Ich notierte gerade Datum und Uhrzeit auf einem Zettel, als Arvid mit dem Gabelstapler angefahren kam, und da sah ich die Chance, auch Kollegen an meinem Schicksal teilhaben zu lassen, die ich doch wirklich sehr schätzte. Arvid hatte das Telefongespräch registriert, und deshalb erzählte ich rasch, worum es dabei gegangen war.

Ach was? fragte er ernst. Ja, ja, Jonas, du warst ja nie krank. Aber auf die Dauer kommen wir nicht davon. Er musterte mich mit etwas, das Besorgnis ziemlich nahe kam.

Ich habe einen solchen Druck im Hinterkopf, erklärte ich und massierte die Stelle. Das hab ich schon lange, murmelte ich. Gott weiß, was das ist.

Ja, das weiß er. Arvid lächelte. Ich werde für dich beten, Jonas.

Die Hand noch am Hinterkopf, starrte ich verdutzt in Arvids blaue Augen. Was für eine Vorstellung. Er wollte für mich beten! Das warf mich um. Noch nie hatte irgendwer für mich gebetet, jedenfalls nicht, soweit ich wußte. Ich selbst habe keinen Gott, aber das war doch überwältigend. Ich schloß in tiefer Verlegenheit die Augen und sah sofort Arvid vor mir, im Doppelbett, Marthe an seiner Seite. Die Hände auf der Decke gefaltet. Seine Lippen, die sich im schwachen Schein der Nachttischlampe bewegten. Herrgott, ich bitte dich, halte deine Hand über Jonas und hilf ihm durch diese schwere Zeit.

Wie würde er sich ausdrücken? Vielleicht hängte er dem Vaterunser nur ein »Gott schütze Jonas« an? Würde er wirklich für mich beten, oder sagten Gläubige das nur aus alter Gewohnheit, war es eher eine Redensart? Konnte man sich darauf verlassen, daß sie tatsächlich beteten, wenn sie es versprochen hatten?

Wirst du das wirklich tun? rutschte es aus mir heraus. Natürlich, antwortete Arvid mild. In seinen Augen gab es keine Falschheit. Ich beneidete Arvid und Marthe. Sie bildeten ein Dreieck mit ihrem Gott und waren auf diese Weise stärker als ein normales Paar, als Lillian und ich etwa.

Ich habe jetzt einen Arzttermin, sagte ich am Abend beim Essen. Das war praktisch die einzige Gelegenheit, zu der wir ein paar Worte wechselten. Lillian lächelte aufmunternd.

Gut, sagte sie. Dann können sie feststellen, was los ist.

Ihr Ton war nicht mehr ganz so ironisch, endlich hatte sie den Ernst der Lage erfaßt.

Wann denn? fragte sie.

Ich mußte Datum und Uhrzeit nennen, und sie verdrehte die Augen.

So lange hin? Ich habe neulich sofort einen Termin bekommen. Warum mußt du so lange warten?

Da ist sicher viel Betrieb, meinte ich und widmete mich der Leber. Sie hätte zur Leber Zwiebeln braten müssen, es fehlten Champignons, aber ich sagte nichts.

Na ja. Dann mußt du noch zwanzig Tage durchhalten. Aber das schaffst du schon. Du bist doch so geduldig.

Sie machte sich keine Sorgen. Das war ihr offenbar nicht möglich. So tief war sie gesunken. So wenig bedeuteten wir einander. Ich aß meine Leber und legte mich aufs Sofa. Im Grunde konnte ich als krank gelten, ich stand beim Arzt auf der Warteliste, und über meinem Kopf schwebte ein überaus ungewisses Schicksal. Es galt, die verbleibenden Tage zu genießen. Mir ging auf, daß es sich bei diesen zwanzig Tagen um die letzten sicheren Tage meines Lebens handeln konnte. Daß ich mich einem Punkt näherte, an dem sich womöglich alles änderte. Lillian war sich dieser Tatsache offensichtlich in keiner Weise bewußt. Sie nahm ein Fußbad. Die ganze Wohnung roch nach Fichtennadeln. Was Arvids Gebet betraf, so konnte ich es förmlich spüren. Ja, ich bin sensibel, und er ist zuverlässig. Die zwanzig Tage jagten dahin, viel zu schnell, wie ich fand. Plötzlich saß ich in Dr. Rødes Sprechzimmer, mit dem Gefühl, aus großer Höhe direkt in den Korbsessel geplumpst zu sein.

Eckel? fragte Dr. Røde und musterte mich neugierig, als glaube er, sich verhört zu haben. In seinem Computer mußte mein Name natürlich richtig stehen.

Eckel mit ck, sagte ich. Er klapperte drauflos. Hinter seiner Stirn spielten sich witzige Dinge ab, das war nicht zu übersehen.

Was kann ich für Sie tun? fragte Dr. Røde.

Das war doch wirklich rührend. Ich war zutiefst bewegt. Aber ich bin keiner, der sich aufgrund von Bagatellen in Sentimentalität verliert, und ich hatte mich gründlich vorbereitet. Ich wollte nicht jammern oder klagen. Sondern kurz und bündig meine kleine Beobachtung schildern, diesen Druck im Hinterkopf, und das Ganze zugleich als nicht so bedeutend darstellen. Er musterte mich eingehend, während ich sprach. Wenn er das beschriebene Symptom außergewöhnlich oder interessant fand, so zeigte er das nicht. Er erhob sich, trat hinter meinen Rücken und legte mir die Hände auf den Kopf. Sein weißer Kittel streifte den Rücken meiner Jacke, ich hörte das sanfte Rascheln des Stoffs. Er ließ seine Finger über meinen Nacken gleiten. Seine Hände waren fest und stark. In seinen Fingern lagen Kraft und Sicherheit, und ich fühlte mich geborgen und verstanden.

Sagen Sie Bescheid, wenn ich den genauen Punkt erreicht habe, sagte Dr. Røde, und seine

Fingerspitzen drückten sich vorsichtig auf meine Kopfhaut. Auf der linken Seite, sagte ich mit gepreßter Stimme, mir war etwas in den Hals geraten, und ich konnte mich nicht räuspern. Da, ja. Etwas tiefer. Ja, genau da. Mein Kopf wurde heiß, aber das war nicht unangenehm. Was für eine Vorstellung, daß jemand genau die Stelle mit den Fingern berührt hatte! Das kam mir vor wie ein Segen, und ich mußte an Arvids Gebet denken. Dr. Røde setzte sich wieder.

Ist das schon lange so? wollte er wissen. Ich versuchte einen ungefähren Zeitpunkt zu finden. Zwei Monate, meinte ich. Er notierte sich das und schaute wieder auf. Und sonst? Andere Beschwerden? Schmerzen oder Schlappheit?

Hier kamen mir leichte Zweifel, aber ich entschied mich rasch.

Nein, sagte ich. Überhaupt nicht.

Irgendwie erschien es mir dramatischer, die Wahrheit zu sagen. Nur dieser Druck, sonst gar nichts. Er musterte mich abermals mit freundlichen Augen. Meine Haltung, die Art, wie ich im Sessel saß, ich weiß es nicht genau, jedenfalls schaute er mich eingehend an.

Es kann sich um Verspannungen im Nacken handeln, sagte er. Die strahlen oft hoch in den Kopf. Schwimmen ist sehr gut gegen Muskelverspannungen. Jede Woche ein paar Runden im Becken. Den Versuch ist es wert. Machen Sie das einige Wochen lang, und wenn der Druck sich nicht legt, kommen Sie wieder her.

Er nickte zufrieden und schrieb eine Rechnung. Die Audienz war beendet. Ungläubig saß ich in meinem Sessel. War das alles? Er hatte gesagt, ich solle ins Becken springen. Ich war sprachlos. Erhob mich mechanisch und ging zur Tür. Das war mehr, als ich ertrug. Das konnte ich Lillian unmöglich erzählen. Was hat der Arzt gesagt? Daß ich schwimmen gehen soll. Sie würde einen ihrer Lachanfälle bekommen. Plötzlich fühlte ich mich krank. Zum ersten Mal richtig krank. Die Vorstellung, nach Hause zu fahren, war mir unerträglich, lieber wollte ich mich in meiner ganzen unglücklichen Mißverstandenheit draußen herumtreiben.

Lange wanderte ich durch die Straßen von Kolsås. Erst am späten Abend schloß ich die Wohnungstür auf. Ich hatte beschlossen, die Sache spontan anzugehen, denn ich bin nicht berechnend genug, um mir vorher einen Monolog auszudenken. Aber ich war beschwert vom Ernst der Lage und den Stunden auf der Straße. Natürlich hoffte ich auf ein gewisses Interesse von seiten Lillians. Oder wenigstens auf einige freundliche Fragen.

Sie saß mit einer Frauenzeitschrift auf dem Sofa. Ihr Anblick ließ mich erstarren. Ihre Haare waren rot. Tief und flammend rot. Kürzer denn je. Lillian war ganz und gar verändert. Mir blieb der Mund offenstehen.

Himmel! rief ich. Du hast dir die Haare färben lassen!

Sie lächelte nachsichtig. Sich die Haare färben zu lassen sei doch nichts Besonderes, alle Welt mache das, warum also nicht auch sie, eine kleine Veränderung sei doch immer nett. Da stand ich nun mit meinem leichten Druck im Hinterkopf und wußte nicht, was ich sagen sollte. Offenbar hatte sie vergessen, daß ich an diesem Tag beim Arzt gewesen war. Oder, und dieser Gedanke quälte mich wirklich, sie wußte es sehr gut und hatte sich einen Friseurtermin besorgt, um eine eventuelle Krebsdiagnose durch rote Haare zu übertrumpfen. Um nicht so tief zu sinken wie sie, sagte ich meine Meinung. Ungeachtet meiner Verzweiflung. Ich sagte, die roten Haare stehen dir. Dabei starrte ich sie an und spürte deutlich, daß das nicht gelogen war. Meine Großzügigkeit überwältigte mich. Ich dachte, das liegt in meiner Natur, so bin ich eben. Sie aber erwähnte den Arzt mit keinem Wort. Na gut, dann sage ich auch nichts. Dachte ich und holte die Cognacflasche. Schenkte mir ein. Ließ mir viel Zeit dabei. Zugleich stellte sich der unbändige Drang ein, meinen Hinterkopf zu massieren.

Na, sagte sie plötzlich und schaute auf. Hast du mir etwas zu sagen?

Ich sah sie an, scheinbar überrascht, als wollte

ich fragen, wie meinst du das? Etwas zu sagen? Was denn?

Der Arzt, sagte sie mit spitzen Lippen.

Doch, sagte ich und ließ den Cognac im Glas kreisen. Ich war beim Arzt, ja.

Und? fragte sie mit aufgesetzter Geduld.

Verspannungen, sagte ich düster. Müssen vermutlich behandelt werden.

Sie runzelte die Stirn und glotzte mich an.

Verspannungen? Du meinst, in den Muskeln?

Solche Dinge sind schwer zu diagnostizieren, belehrte ich sie. Aber es kann sich um Verspannungen handeln, ja. Vom Nacken her.

Ach? Sie bohrte weiter. Und wird das jetzt behandelt oder nicht?

Dr. Røde will die Entwicklung beobachten, erläuterte ich.

Das hatte er schließlich gesagt.

Ach? wiederholte Lillian. Sie hörte sich an wie ein Aufziehclown. Aber was ist das denn für eine Behandlung?

Wärme. Training in warmem Wasser. Etwas in der Richtung.

Ach? sagte sie zum dritten Mal. Ich hätte am liebsten die Faust gehoben und diesen Clown zum Verstummen gebracht oder die Kassette zu einem anderen Text vorgespult.

Dann mußt du also zur Krankengymnastik? fragte sie.

Vermutlich, sagte ich und starrte düster in den Cognac. Ich fand, daß ich die Lage einigermaßen ernst dargestellt hatte, und sie hatte mir mehrere Fragen hintereinander gestellt, das war seit Monaten nicht mehr vorgekommen.

Nun vertiefte sie sich wieder in ihre Zeitschrift. Ihre roten Haare waren wirklich der reine Blickfang.

Und du hast das für Krebs gehalten, sagte sie. Ist das nicht komisch? Wir Menschen glauben immer das Schlimmste.

Ihr Lächeln war süß wie Puderzucker. Hätte sie nicht wenigstens einen Moment aus dem Zimmer gehen oder sich einfach schlafen legen können? Aber nein, sie blieb sitzen. Sie klebte im Zimmer und an den Möbeln wie ein Belag.

Und sie wurde dünner. Langsam kam ihr Kinn zum Vorschein. Ihre Schultern wurden knochiger. In der runden, weichen Frau, der ich im Grand Café einen Heiratsantrag gemacht hatte, wohnte eine andere, härtere Frau. Eine in jeder Hinsicht schärfere.

Der Druck in meinem Hinterkopf nahm zu. Es zog mich nicht ins Schwimmbad. Nicht weil mir das peinlich gewesen wäre, ich habe keinen Grund, mich meines Körpers zu schämen. Ich fand es einfach zu laut dort. Einen Versuch unternahm ich, doch Jugendliche, Discomusik und heulende

123

Kinder schlugen mich in die Flucht. Ich stürzte hinaus und setzte mich in die Sauna. In dieser großen, nach Chlor riechenden Halle gab es nichts, das entspannend gewirkt hätte.

Weihnachten kam als willkommene Abwechslung. Wir luden Alfhild und Sverre ein. Meine Schwiegermutter war außer sich, als sie die roten Haare sah. Immer wieder schaute sie zu Lillian hinüber. So schlank warst du ja noch nie, behauptete sie und musterte ihre Tochter eingehend. Nicht einmal ich war jemals so schlank, das hätte ich nicht für möglich gehalten.

Dann warf sie mir einen kritischen Blick zu. Ich hoffe, du willst es auch so, klagte sie, und es liegt nicht daran, daß du dich nicht wohl fühlst. Bei uns liegt es in der Familie, rund zu sein, das ist erblich. Du hast ganz einfach der Natur getrotzt, sagte sie zu Lillian und sah wieder mich an. Als hätte ich die Kilos von Lillians Körper weggefressen.

Und du, Jonas? fragte sie. Willst du dich nicht auch ein wenig erneuern? Wie lange hast du diese Brille eigentlich schon?

Ich nahm die Brille ab und betrachtete sie. Ich konnte gut sehen damit, die Gläser waren groß und viereckig, das Gestell dick und solide, ich wäre nie auf die Idee gekommen, mir ein neues anzuschaffen. Ich schaute mich im Zimmer um und versuchte, ihren Gedanken zu folgen. Es wimmelte nur so von Weihnachtsmännern und Engeln von

Tybring-Gjedde. Alle Geschenke waren in Weihnachtspapier von Tybring-Gjedde gewickelt, und
Gläser und Porzellan stammten ebenfalls von Tybring-Gjedde.

Jonas ist nicht gerade einer, der sich erneuert,
sagte Lillian, während sie Servietten zusammen-
faltete.

Aber er schaut doch sicher ab und zu in den Spiegel? fragte Alfhild.

Wenn er sich die Zähne putzt, sagte Lillian. Sonst
nie.

Entsetzt hörte ich diesen Frauen zu. Sie sprachen über mich, als sei ich gar nicht im Raum.

Du könntest ihm ein bißchen helfen, sagte Alfhild und warf nun doch einen kurzen Blick herüber. Ich saß noch mit Schwiegervater Sverre auf
dem Sofa. Zu diesem Zeitpunkt waren wir beide absolut überflüssig.

Doch, sicher, sagte Lillian. Aber er fragt ja nie.
Und das muß doch bedeuten, daß er mit dem
Stand der Dinge zufrieden ist.

Ich lauschte dieser Unterhaltung voller Unglau-
ben. Mein Schwiegervater war mit seinen Gedanken
weit weg, er hatte einen alten Oppland bekommen,
und seine Augen leuchteten schnapsselig.

Natürlich ist er mit dem Stand der Dinge zufrieden, solange niemand sich beklagt, erklärte Alfhild. Aber er verbringt seine Tage ja auch in einem
Lager. Da braucht er nicht vorteilhaft auszusehen.

Meine Hände fingen an zu zittern. Sahen sie mich nicht? War ich Luft für sie? Was brachte Frauen dazu, so zu reden? Gern hätte ich gehustet oder irgendein anderes Geräusch ausgestoßen, um sie auf meine unleugbare Anwesenheit aufmerksam zu machen, aber ich brachte es nicht über mich. Vielmehr verspürte ich immer deutlicher den Wunsch, tatsächlich unsichtbar zu sein. Als ich mir dessen bewußt wurde, ging mir der Ernst der Lage in seinem ganzen Schrecken auf. Ich, Jonas Eckel, der immer mit einem selbstverständlichen Recht durch die Straßen gegangen war, wünschte mir nichts anderes, als unsichtbar zu sein. Am liebsten wäre ich im Boden versunken, und das, weil zwei Frauen beim Weihnachtsschmaus drauflosplapperten. Ich traute mich nicht einmal mehr, das Glas an den Mund zu heben, aus Angst, daß irgendwer mich entdecken könnte. Die Rettung kam von meinem Schwiegervater. In einer plötzlichen Wallung von Sympathie schob er die Hand in die Innentasche seines dunklen Anzugs und zog zwei schlanke Zigarren hervor. Ich rauche nicht, sah aber ein, daß diese Geste mich aus dem fast schon psychotischen Zustand, in den ich hier geraten war, befreien würde. Und ich erlangte Lillians Aufmerksamkeit wieder.

Himmel, sagte sie entsetzt. Nun seht euch Jonas an. Er raucht!

Es war deutlich, daß Lillian etwas suchte. Die perfekte Ausgabe ihrer selbst nämlich. Ich beobachtete das neugierig aus sicherer Entfernung, während die Kilos dahinschmolzen, während sie unaufhörlich ihre Frisur und ihre Haarfarbe änderte. Von Braun zu Rot zu Schwarz und zurück zu Braun. Was würde sie wohl unternehmen, wenn sie den richtigen Ton gefunden hätte? Würde sie mich dann verlassen und sich einen anderen suchen? Mußte ich meine Wohnung in Kolsås als Salon betrachten, in dem sie sich für den Rest der Welt bereitmachte? Eine Scheidung hatte in meinen Plänen nie eine Rolle gespielt. Es war unvorstellbar für mich, unsere Beziehung auf diese Weise enden zu lassen. Was dachte Lillian? Es war offenkundig, daß ich ihr nichts bedeutete, doch andererseits gab es keinen Hinweis darauf, daß sie sich fort wünschte. Und genaugenommen hatte Lillian nie großes Interesse an Männern gezeigt. Sie wünschte sich ganz einfach gar nichts. Nicht einmal die Liebe, die wir anfangs füreinander empfunden hatten. Inzwischen wirkte sie fast ein wenig abgestumpft. Ihre Wirklichkeit war winzig klein. Die Arbeit in der Kaffeerösterei. Die Stunden vor dem Spiegel. Sie kümmerte sich nicht einmal um ihre Freundinnen. Ich kümmerte mich ja auch nicht um meine Kumpels, aber bei Männern ist das eben anders. Frauen kakeln gern mal ein bißchen. Legen sich Nähkränzchen oder Clubs zu. Lillian aber saß einfach mit ihren Illustrierten auf dem Sofa. Entweder mit einer Gesichtsmaske, die trocknen und danach zwanzig Minuten auf der Haut bleiben mußte. Oder mit einer Haarkur, die den Haaren den Glanz ihrer jungen Jahre zurückgeben sollte. Oder sie tunkte ihre Füße in ein Fußbad.

Es war an einem solchen Abend, als wir beide vor dem Fernseher saßen, sie mit einem um die Haare gewickelten Handtuch, daß ich sie ansprach.

Erinnerst du dich an den weißen Kaninchen-fellmantel? fragte ich.

Sie schaute mich verwundert an.

Ja, sagte sie und schnitt eine Grimasse. Herrgott, wie konnte ich den nur kaufen!

Ermutigt durch soviel Selbsterkenntnis und dieses kleine Anzeichen von Leben, redete ich weiter.

Was ist daraus eigentlich geworden?

Jetzt dachte sie ernsthaft nach. Das habe ich doch tatsächlich vergessen, sagte sie. Aber der liegt sicher irgendwo rum. Ihr Blick richtete sich wieder auf den Fernseher.

Ich schwieg, denn ich hoffte, daß sie weiterreden würde. Wir sprachen fast nie miteinander. Aber von Lillian war nichts mehr zu hören. Ich ließ einfach nicht locker. Mich stach der Hafer, was sonst gar nicht meine Art ist.

Was hast du denn da in den Haaren? wollte ich wissen. Meiner Meinung nach eine absolut ange-brachte Frage.

Sie griff sich an den Kopf.

K-Pack, sagte sie kurz.

Das machte mich nicht klüger. Was ist K-Pack?

Das ist eine Kur für trockene und strapazierte Haare, erklärte sie mit resignierter Miene. Jetzt ging ich ihr nur noch auf die Nerven.

Aber deine Haare sind doch gar nicht trocken und strapaziert? wandte ich voller Unschuld ein. Du hast schöne Haare.

Nein, die sind trocken, erwiderte sie und machte eine kleine ruckende Bewegung, eine Geste des Unwillens, die vermutlich mir galt, weil ich keine Ruhe gab.

Diese ganze Färberei, hob ich an und starrte dabei in das Gesicht des Nachrichtensprechers Einar Lunde, der die Nachrichten in einem gelben Blazer verlas. Es ist so beruhigend, Einar Lundes Gesicht anzusehen. Dieser Mann ist durch und durch zuverlässig, und außerdem scheint er durchaus den Schalk im Nacken zu haben.

Das liegt am Alter, sagte Lillian kurz. Die Haare trocknen einfach aus.

Ich dachte, na gut. Sie spürt das Gewicht ihrer Jahre.

Nicht die Farbe läßt die Haare austrocknen, dozierte sie weiter. Ich benutze nur solche ohne Ammoniak.

Ich nickte, als ob ich etwas begriffen hätte. Aber ich gab mich nicht geschlagen. Jetzt hatten wir ein kleines Gespräch geführt, da mußte es doch möglich sein, ein ernst zu nehmendes Thema einzuflechten.

Wirst du denn einen neuen Computerkurs machen? fragte ich übermütig. Jetzt hatte Lillian genug. Sie breitete die Arme aus und machte große Augen. Großer Gott, was nervst du denn so herum, Mann! rief sie verzweifelt.

War Jørgensen sehr sauer? fragte ich. Was hat er gesagt?

Gar nichts, fauchte Lillian. Der redet nicht so viel wie du. AnneMa ist für mich eingesprungen, gab sie schließlich zu.

Dann stand sie auf und ging ins Badezimmer. Ich blieb allein sitzen und starrte trostlos Einar Lunde an. Wieder spürte ich diesen Druck im Hinterkopf, an derselben Stelle, unten links. Augenblicklich fing ich an zu massieren. Wenn der Körper ein Signal sendet, darf das nicht ignoriert werden, dachte ich, man muß auf der Hut sein. In meinem Kopf wirbelten so viele Fragen und Gedanken. Mein Körper stellte sich auf einen Krieg ein. Der Druck im Kopf konnte eine Warnung sein.

Ich fing an, anderen Frauen nachzuschauen. Um es offen zu sagen, ich betrachtete sie verstohlen, wenn ich durch die Straßen lief, ich betrachtete die Kundinnen, die in den Räumlichkeiten von Tybring-Gjedde ein und aus gingen. Ich versuchte festzustellen, ob sie mein besonderes Licht sähen, aber es kam mir nicht so vor. Ich suchte etwas Besonderes. Ich suchte eine wie Lillian, so wie sie bei unserer ersten Begegnung gewesen war. Ich suchte dieses Zaghafte, Kindliche, dieses Bedürftige, das Schutz und Tatkraft herausforderte. Aber solche Frauen entdeckte ich nicht. Die, die ich sah, liefen zielstrebig umher und griffen in die Regale, sie schienen niemanden zu brauchen. Wenn ich das Gesuchte doch fand, dann bei kleinen Mädchen, und solche Neigungen liegen mir fern. Überall, wo ich auch ging und stand, sah ich sichere, selbständige Frauen. Abgesehen wie gesagt von kleinen Mädchen oder richtig alten Damen. Allmählich entwickelte ich eine Art Panik. Würde ich wohl jemals wieder in Lillian eindringen dürfen? Sie hatte mich zu sich gelassen und mich in die Freuden der Erotik eingeweiht, um mich danach wieder auszuschließen. Wie sollte ich das Verlorene zurückgewinnen? Wenn wir Menschen verzweifelt sind, dann geht unsere Phantasie bisweilen seltsame Wege. Ich stellte mir vor, wie Lillian sich eine Verletzung zuzog. Wie sie auf der Treppe stürzte und sich den Knöchel brach. Dann würde sie in einem Sessel sitzen, und ich würde hin und her laufen und ihr bei allen möglichen Dingen helfen müssen. Würde sie ins Bad und später ins Bett bringen. Sie berühren, sie festhalten. Wenn sie mit einem Kessel kochenden Wassers übergossen würde, dann würde das schreckliche Brandwunden und furchtbare Schmerzen zur Folge haben. Sie würde über lange Zeit hinweg Trost und Hilfe brauchen. Vielleicht würde sie dann endlich einsehen, daß sie auf mich angewiesen war und sich aufs neue in mich verlieben. Aber man schubst eine Frau nicht die Treppe hinunter, sagte ich mir, und man gießt auch keinen Kessel mit kochendem Wasser über ihr aus. Das waren doch absurde Vorstellungen! Zu meiner Rechtfertigung vor mir selbst führte ich einen gewissen Notstand an. Aber ich blieb pflichtbewußt und zuverlässig. Stets derselbe. Fest und vorhersagbar. Meine Güte konnte mir ab und zu wirklich den Atem verschlagen.

Eines Abends, als ich von der Arbeit kam, erlitt ich einen kleinen Schock. Es war ein Freitag. Ich hängte meinen Mantel auf und streifte die Schuhe ab. Öffnete die Tür und ging ins Wohnzimmer. Lillian war vor mir gekommen. Auf dem Boden stand ein offener Koffer.

Ich fuhr zurück und schnappte nach Luft. Ihre Hände waren mit Jacken und Pullovern beschäftigt. Sie packte überaus sorgfältig und fand Platz für vieles. Zwischen den Kleidungsstücken ahnte ich ihre geblümte Kulturtasche. Stumm trat ich ins Zimmer und wartete. Auf eine Erklärung. Das einzige, was ich fertigbrachte, war, verwirrt die Fäuste zu ballen und wieder zu öffnen.

132

Ich fahr übers Wochenende weg, sagte sie gleichgültig. Mit den Kolleginnen.

Ach was? fragte ich verwundert. Das sah Lillian
überhaupt nicht ähnlich. Das war wirklich etwas
Neues. Ein kleines Rucken, wie um sich loszu-
reißen.

Wo fahrt ihr denn hin? wollte ich wissen.

In die Berge natürlich, sagte sie trocken.

In welche Berge? fragte ich. Weißt du nicht, wo
du hinfährst?

Ein Berg ist ja wohl ein Berg, meinte Lillian. Sie
klappte den Deckel über den Kleiderhaufen, legte
sich mit ihrem ganzen Körpergewicht darauf und
machte sich am Reißverschluß zu schaffen.

Nein, wandte ich ein. Es könnte angenehm sein
zu wissen, wo in aller Welt du dich aufhältst.

In einer Hütte in den Bergen. Mit den Kolleginnen, erklärte sie überaus endgültig.

Da gab ich auf. Es ist eine meiner guten Eigen-
schaften, daß ich immer versuche, die Dinge zum
Positiven zu wenden. Wir waren seit unserer Hochzeit nicht einen einzigen Tag voneinander getrennt gewesen. Es war wirklich an der Zeit.

Sie wollten mit der Bahn fahren. Ich erbot mich,
sie zum Bahnhof zu bringen, der Koffer war schwer.
Ich sagte, um mich brauchst du dir keine Sorgen
zu machen, ich komm schon zurecht.

Etwas anderes habe ich auch nie angenommen,
antwortete sie.

Plötzlich war ich allein im Haus. Ganz allein, bis Sonntagabend. Ich war ein freier Mann. Andächtig lief ich durch die Räume, die doch mir gehörten. Nahm sie aufs neue in Besitz. Auf der Fensterbank standen Lillians Nippesfiguren. Ich konnte der Versuchung, sie zu verrücken, nicht widerstehen. Ein Häslein, ein weißer Porzellanpudel, ein gläsernes Einhorn, ich rückte sie hierhin und dorthin. Obwohl ich wußte, daß Lillian sich sehr lange überlegt hatte, wo sie stehen sollten. Die allerhäßlichste Figur, einen Esel mit Körben auf dem Rücken, schob ich weit an die Seite, bis er hinter dem Vorhang verschwand. Die von Alfhild bestickten Sofakissen drehte ich mit dem Rücken nach vorn. Ich habe immer schon einfarbige Kissen vorgezogen. Dann ging ich ins Badezimmer. Jetzt, wo Lillian fort war, gab es in den Regalen wunderbar viel Platz.

Plötzlich überkam mich ein gewaltiger Hunger. Ich jagte zum Supermarkt und kaufte mir ein Filetsteak. Ich machte eine Sauce béarnaise und mit Sahne überbackene Kartoffeln. Danach wollte ich es mir mit Pflaumen in Madeira und einer Tüte Cashewnüsse wohl sein lassen. Als das Essen fertig war, setzte ich mich erwartungsvoll zu Tisch. Ich bohrte die Messerspitze ins Fleisch und perforierte die dünne gebratene Schicht, worauf das Steak zu bluten anfing. Es blutete heftig. Das Blut sickerte auf den Teller und perlte über das Porzellan von

Tybring-Gjedde. Ich schob mir ein Stück Fleisch in den Mund. Der Saft lief an meinem Hals hinunter bis zu meinem hellblauen Kragen. Ich schlürfte Rotwein. Ich machte mich am Tisch breit und saute munter herum, einfach um dieses Gefühl auszukosten. Die Soße trank ich gleich aus der Terrine.

Möglicherweise verlor ich ein wenig die Kontrolle, aber das tat gut. Ich hatte mich mein Leben lang beherrscht. Jetzt war es mir ein tiefer Genuß, gierig zu sein. Ich räumte den Tisch ab und legte ein Video ein. Holte die Cognacflasche und fing an zu trinken. Lillian ist weg, dachte ich leicht benebelt. Lillian ist in den Bergen. Vermutlich ist sie betrunken, so wie ich. Sie hat »ja« gesagt, als ich ihr einen Heiratsantrag gemacht habe, aber jetzt will sie mich nicht mehr. Sie glaubt, sie könnte gratis durch den Rest ihres Lebens reisen. Aber wer den Kahn auf Kurs hält, das bin ich. Sie hätte damals nicht so ins Lager kommen dürfen, mit so leichten Schritten, mit so grünen, flehenden Augen. Sie hätte diesen wunderbaren Kaffee nicht kochen dürfen. Sie hat sich auf meinen Schoß gesetzt wie ein Kind, das man nicht abweisen kann. Und dann hungert sie sich den halben Körper weg und wendet sich von mir ab. Ist physisch gesehen viel kleiner geworden, in anderer Hinsicht aber größer. So groß, daß sie mich nicht mehr braucht. Trotzdem zieht sie nicht aus. Sie bleibt, vor dem

Spiegel, vor dem Fernseher. Sie bleibt im Doppelbett, kneift aber die Beine zusammen. Ich bekomme nur ihren Rücken zu sehen. Früher war sie weicher, wärmer und runder. Jetzt ist sie ein einziger harter Knochen, nichts, wovon man sich ernähren könnte.

Liebe muß man wollen, dachte ich, ein Satz, den ich einmal in Gedanken formuliert hatte, als wir durch Oslos Straßen spaziert waren. Niemand trug jetzt noch Reisig für unser Feuer herbei. Was sollte nur aus uns werden?

So saß ich also auf dem Sofa und vertiefte mich in Erinnerungen, während ich immer wieder zur Cognacflasche griff. Ich hatte die Füße auf den Tisch gelegt, und immer noch klebte Fleischsaft an meinem Kinn. Ein ungeliebter Mann. Die Abwesenheit von Liebe machte sich in den Räumen überaus deutlich bemerkbar. Das Wohnzimmer wirkte trivial, es war kein Nest mehr. Ich ging ins Schlafzimmer und blieb in der Tür stehen. Gebannt starrte ich den Teil des Doppelbettes an, der Lillian gehörte. Das Bett war nicht gemacht. Ich streifte meine Pantoffeln ab und legte mich unter Lillians Decke. Zog sie bis an meine Nasenspitze und nahm einige von Lillians Gerüchen auf. Lauerte, ob etwas mit mir passierte. Ob in mir eine Art Sehnsucht nach ihrem Körper erwachte. Denn ich sehnte mich nach einem Körper, nach irgendeinem, wenn er nur von außen trocken und warm

136

und von innen weich und feucht war. Unter der Decke wurde es rasch heiß.

Ich erwachte spät am nächsten Vormittag. Vollständig angezogen und mit schwerem Kopf. Zuerst verwirrte es mich, daß ich auf der falschen Seite des Bettes lag. Jetzt spürte ich nicht mehr diesen Druck auf der linken Seite meines Hinterkopfes. Jetzt drückte es überall. Mein Kopf drohte zu platzen wie eine überreife Frucht. Meine Hände zitterten. Meine Zunge schien am Gaumen angewachsen, nur mit Mühe konnte ich sie lösen. In meinem ganzen Leben hatte ich mich noch nicht so elend gefühlt. Ich taumelte in die Küche. Trank einen halben Liter Saft direkt aus dem Karton. Als ich später ins Wohnzimmer wankte und die Cognacflasche entdeckte, wußte ich augenblicklich Bescheid. Ich, Jonas Eckel, war sternhagelvoll gewesen. Das kam fast nie vor. Das Zittern in meinem Körper war entsetzlich, selbst meine Zahnwurzeln schmerzten. Das Zähneputzen wurde zur Qual. Ich streifte meine Kleider ab wie eine verschmutzte Haut, die ich nicht länger tragen mochte. Ging unter die Dusche. Das half. Ich blieb lange dort stehen. Spülte das Elend weg. Danach holte ich mir ein Aspirin aus dem Medizinschränkchen und legte mich wieder ins Bett, diesmal auf meiner eigenen Seite. Schlafen konnte ich nicht. Das hatte ich auch nicht erwartet. Ich lag einfach nur da, rührte mich nicht und versuchte, alle Gedanken aus meinem Kopf zu verscheuchen. Mein Körper war einfach schlaff. Jedes Zeitgefühl war mir abhanden gekommen, und ich verspürte weder Hunger noch Durst. Ich war eine leere Hülle, wie ich da so unter der Decke lag, platt auf dem Rücken, die Arme seitlich ausgestreckt. So hatte Lillian gelegen, als sie krank geschrieben war, das wurde mir plötzlich bewußt. War ich unterwegs in dasselbe Elend wie sie? Unterwegs zu einem kleinen Zusammenbruch? Vor dem Fenster drehte die Welt sich weiter. Es tat gut, den Geräuschen anderer Menschen zu lauschen. Türen, die schlugen, Autos, die angelassen wurden. Viele Stunden später stand ich auf. Plötzlich hatte ich es satt, so dazuliegen, mit leerem Kopf. Ich stellte die Füße auf den Boden und suchte mir saubere Kleidung heraus. Wanderte zum Supermarkt und kaufte ein. Eine frische Zeitung. Zwei große Seelachsfilets als Sonntagsessen. Sechs Dosen Bier.

Zu Hause angekommen, öffnete ich die erste und trank sie langsam aus. Nach dreißig Minuten war mir vollkommen klar, was es mit dem Begriff Alkoholismus auf sich hat. Die Wirkung war einfach wundersam. Meine Nerven, die sich wie Stacheldraht angefühlt hatten, wurden weicher und legten sich wie Seegras flach. In meinem Gehirn herrschte tiefer Friede. Und aus diesem Frieden erwuchs der Glaube an ein Wunder. Daran, daß Lillian wie bekehrt aus den Bergen zurückkommen würde. Daß sie endlich einsehen würde, was es bedeutete, daß wir ein Paar waren. Daß sie ihre vielen Unzulänglichkeiten erkennen und sich eines Besseren besinnen würde. Sie brauchte nicht als reuige Sünderin aufzutreten, so rachsüchtig war ich nicht. Ich wollte sie nicht gedemütigt erleben. Sondern nur verklärt. Sie sollte als die Lillian zurückkommen, der ich im Grand Café meinen Antrag gemacht hatte.

Für den Rest des Wochenendes arbeitete ich in der Wohnung. Am Sonntagmorgen war alles sauber und ordentlich. Ich nahm an, daß sie das einfach sehen müsse, und hoffte, sie würde einen Kommentar dazu abgeben.

Aber sie blieb stumm. Sie ging mit ihrem Koffer ins Wohnzimmer. Ich fragte, wie denn der Kurzurlaub gewesen sei. Und sie sagte: Ganz normal. Mehr nicht. Sie wirkte zufrieden, aber wenn sie etwas Schönes erlebt hatte, dann hatte das jedenfalls nichts mit mir zu tun. Sie wollte nicht wissen, wie ich das Wochenende verbracht hatte. Sie sah nicht, wie sauber die Wohnung war. Sie konzentrierte sich darauf, ihre Sachen wieder in die Schränke zu räumen. Ich fragte, was sie denn das ganze Wochenende gemacht hätten. Sie sagte: Was man in einer Hütte in den Bergen eben so macht. Warum hast du meine Figuren anders aufgestellt? Ich fühlte mich gegen die Wand gedrückt. Ich wurde aus Lillian einfach nicht schlau. Die Hand auszustrecken, um sie zu berühren, schien ganz und gar unmöglich. Eines Abends kurz vor Ostern saßen wir wie immer vor dem Fernseher. Es gab eine Sendung über Beziehungen. Mehrere Fachleute waren ins Studio gebeten worden. Ich hätte wetten mögen, daß die meisten geschieden waren, aber ich weiß natürlich, daß man wichtige Dinge erfassen und trotzdem versagen kann. Deshalb spielte es keine besondere Rolle für mich, daß sie vermutlich allesamt geschieden waren. Sie sprachen über Liebe. Darüber, wie man Liebe am Leben erhält. Ich hätte mich durchaus an dem Gespräch beteiligen können. Ich hatte mir so viele Gedanken gemacht, und ich war in der Lage, sie in Worte zu fassen. Liebe muß man wollen, dachte ich, will denn niemand dieses einfache Prinzip zur Sprache bringen? Die Leute wünschen sich so viel, sie sehnen sich nach so vielem, sie träumen von so vielem, sie brauchen so viel. Aber wollen sie auch etwas? Die Sendung wurde auf schöne Weise von einem Ehepaar von über neunzig abgerundet. Die beiden saßen eng beieinander auf einem Sofa und starrten zahnlos in die Kamera. Nach siebzig Jahren Ehe liebten sie einander noch immer.

Sieh sie dir an, sagte ich nachdenklich. Das ist wirklich nicht schlecht. Ich wollte, daß Lillian einen Blick auf den Bildschirm warf, daß sie sich die alten, runzligen Menschen anschaute, mit der ganzen Demut, die sie dem Leben und einander entgegenbrachten. Sie blickte von ihrer Illustrierten auf. Als sie die beiden Alten sah, erschauerte sie. Sie starrte auf die eingesunkenen Gesichter und die Hände mit Adern und Knoten wie grüne Kapern unter der Haut.

Ist das die Belohnung dafür, daß man aushält? fragte sie entsetzt.

Dann tauchte sie wieder in ihrer Illustrierten unter.

Ich machte den Fernseher aus und blickte zum Fenster. Ich bin ein sensibler Mensch. Ich kann winzige Signale aussenden und weiß, daß andere sie so auffassen, wie ich mir das wünsche. Jetzt saß ich wie erstarrt auf dem Sofa, die Arme verschränkt, das Kinn nach vorn gereckt, Lillians Figuren auf der Fensterbank fest im Blick. Den Pudel aus weißem Porzellan. Ich atmete überaus langsam und achtete darauf, daß mein Atem nicht zu hören war. Und ich wandte alles auf, was ich an psychischer Kraft besaß. Ich zog an ihr, ich schrie lautlos, ich bettelte und bat, ich flehte, schimpfte und schrie, ich verlangte eine Antwort, eine ernst zu nehmende Reaktion.

Sie merkte nichts.

Brauchst du mich überhaupt? fragte ich schließlich.

Es war, wie zur Waffe zu greifen. Ich stand mit

dem Rücken zur Wand. Mein Ton aber war kühl und beherrscht.

Sie schaute auf. Ob ich dich brauche? Ich bin doch erwachsen, sagte sie. Ich begreife nicht, warum du so was sagst. Und ihr Gesicht verschwand wieder in der Illustrierten. Neigte sich über das Bild von Königin Sonja mit einem breitkrempigen Hut. Über die Frühjahrsmode auf der nächsten Seite.

Wenn du mich nicht brauchst, kannst du doch auch gehen, sagte ich.

Wieder ließ sie ihre Illustrierte sinken.

Und wo sollte ich hingehen? fragte sie gereizt.

Weg, schlug ich vor. Raus aus dieser Wohnung. In die Arme eines anderen Mannes.

Eines anderen Mannes?

Sie schaute mich verwundert an. Geht es dir nicht gut? fragte sie unsicher.

Ich ahnte einen Hauch von Besorgnis, und die riß ich an mich wie eine Rettungsleine. Das kommt von diesem Druck im Kopf, sagte ich. Der hört einfach nicht auf.

Sie schaute wieder in ihre Illustrierte, hatte aber sichtlich Mühe, sich zu konzentrieren.

Wenn du eine Midlife-crisis hast, kann ich dir nicht helfen, sagte sie abweisend.

Jetzt konnte ich meine Hände nicht länger ruhig halten, ich mußte sie in die Taschen bohren.

Wenn ich kurz vor dem Ertrinken wäre, würdest

du am Ufer stehen und glotzen, sagte ich. Ohne einen Finger zu rühren.

Du weißt genau, daß ich nicht schwimmen kann, sagte sie verärgert.

Das war doch nur ein Bild, entgegnete ich. Aber diese Art, sich auszudrücken, ist vermutlich zu hoch für dich.

Ich finde es blöd, um das Problem herumzureden, erklärte sie.

Ich arbeitete mit meinen Fäusten in den Taschen, wollte die Nähte sprengen, den hemmenden Stoff zerfetzen, mich in die Tiefe graben.

Ich bin der einzige hier, der direkt zur Sache kommt, sagte ich. Du versteckst dich die ganze Zeit in Zeitschriften. Was suchst du eigentlich?

Nichts Besonderes, sagte sie.

Nicht einmal das weißt du, gab ich zurück. Du suchst, weißt aber nicht, was du suchst. Was wünschst du dir am allermeisten auf der Welt? Mein Ton wurde gebieterisch.

Ein resignierter Seufzer.

Was ich mir wünsche? Nichts Besonderes.

Zumindest war sie unsicher geworden. Ich hatte mich weit vorgewagt, aber ich mußte diese Konfrontation haben, und ich wollte nicht aufhören, solange nichts dabei herausgekommen war.

Hast du überhaupt irgendwelche Visionen? fragte ich.

Sie zuckte mit den Schultern und blieb stumm.

Weißt du, was das Wort Vision bedeutet? setzte ich nach.

Soll das ein Verhör sein, oder was? sagte sie unwillig.

Du weißt es also nicht. Du hast keine Ahnung, was dieses Wort bedeutet. Das ist in Ordnung, ich will dich deshalb nicht verspotten, aber man ist doch versucht zu fragen, was du überhaupt weißt.

Schweigen.

Erzähl mir, was du weißt, drängte ich.

Du bist total verdreht, Jonas, brach es aus ihr heraus. Das weiß ich immerhin.

Ich beugte mich zu ihr hinüber und sprach mit sehr lauter Stimme weiter.

Bist du glücklich? fragte ich.

Erschrocken wich sie zurück.

Spinnst du denn total? fragte sie außer sich.

Du brauchst nur mit Ja oder Nein zu antworten, sagte ich, noch immer sehr laut, direkt in ihr Ohr.

Wahrscheinlich bin ich ungefähr so glücklich wie du, sagte sie mürrisch.

Erschöpft ließ ich mich wieder gegen die Sofalehne sinken. Ich hatte es satt, mich anzustrengen, zu bohren, zu suchen, zu wünschen. Ich wollte weg. Verspürte den unbändigen Drang wegzulaufen, hinaus in den Schneematsch, unter Menschen. Mir jemanden zu suchen, mit dem ich sprechen könnte, jemanden, der begriff, was ich sagte, und der mir antwortete. Ich sehnte mich nach Üppigkeit und Wärme, nach dem Meer mit seinem Brausen. Was hatten sie noch im Fernsehen gesagt? Wenn die Ehe kriselt, sollte man an einen fremden Ort fahren, um einander ganz neu zu erleben. In einem anderen Licht. Lillian und ich, wir verreisten nie. Wir hatten nicht besonders viel Geld, aber für eine Woche im Süden mußte es doch reichen, wenn wir das wirklich wollten.

Wollen wir in den Süden fahren? fragte ich und sah sie an.

Sie verdrehte die Augen. In den Süden?

Ich hätte auch sagen können, auf den Mond. Ihre Reaktion wäre dieselbe gewesen. Sie war noch nie im Süden gewesen, aber sie wußte, daß Reisen dorthin anstrengend und nervtötend waren. Zu heiß, zu viele Leute. Ich ließ nicht locker. Ich sagte: Wir erleben doch nie etwas. Wir hocken hier und reden nicht einmal miteinander.

Worüber willst du denn reden? fragte sie, als habe sie es mit einem quengelnden Kind zu tun.

Es ist ja wohl normal, daß Eheleute miteinander reden, hielt ich ihr vor. Und wenn wir nicht miteinander reden, dann liegt das daran, daß in unserem Leben nichts passiert. Wir müssen etwas unternehmen. Warum nicht in den Süden reisen?

Endlich ließ sie ihre Zeitschrift sinken. Ihr Blick wanderte zum Fenster.

Ich kann doch keine andere Sprache, sagte sie.

Ich kann nicht einmal in einer Bar einen Likör bestellen.

Aber ich kann das, behauptete ich. Wenn du mit in den Süden fährst, sorge ich dafür, daß du deinen Likör bekommst.

Wo sollen wir denn hinfahren?

Sie sah ängstlich aus. Ich sagte, das könnten wir uns doch in Ruhe überlegen. Wir könnten uns im Reisebüro beraten lassen. Aber du mußt mitkommen, insistierte ich, ich will nicht über deinen Kopf hinweg bestimmen. Du mußt mitmachen. Überleg es dir. Vielleicht eine Gegend mit Palmen!

Bei dem Wort Palmen machte sie große Augen. Als habe sie geglaubt, Palmen gebe es nur im Märchen. Jetzt wurde sie schwach. Der Gedanke hatte in ihr Wurzeln geschlagen und keimte nun. Ich fing sofort an, ihn zu gießen. Ich verbreitete mich über Schönheit und Vielfalt der südlichen Breitengrade. Das Badewasser ist fast so warm wie in der Badewanne, behauptete ich. Und der Sand weiß wie Zucker.

Woher weißt du das denn? Sie war skeptisch. Ich erzählte von damals, als ich mit meinen Eltern nach Griechenland gefahren war, von allem, was wir dort erlebt hatten. In meiner Erinnerung hatte der Aufenthalt dort tatsächlich märchenhafte Züge. Sie zerbrechen Teller, erzählte ich, aus purer Lebensfreude. Worauf Lillian ein bedenkliches Gesicht machte. Das glaubte sie nicht. Und sie mochte nicht fliegen. Sie war nie weiter als bis Kopenhagen gekommen, wo sie Verwandte hatte. Den ganzen Abend über goß ich die Idee wie eine vertrocknete Pflanze. Gegen Mitternacht hatte sie plötzlich genug.

Jetzt hör aber auf mit diesem Gefasel vom Süden, sagte sie, ich bin schon ganz wirr im Kopf.

Ja, ja, lenkte ich ein. Aber morgen nach der Arbeit gehen wir ins Reisebüro. Und buchen eine Reise. Im Süden kann man billig einkaufen, sagte ich noch, um sie zu ködern. Kleider und Schmuck und Schuhe.

Wir entschieden uns für eine Woche an der Algarve. In einem preiswerten, aber durchaus gediegenen Hotel in Strandnähe. Einem Ort für erwachsene Menschen, wie es im Prospekt hieß. Wenig Lärm in den Nächten, stille und schöne Abende. Portugal, sagte ich verträumt. Nach dem alten römischen Namen Portus Cale. Einst eine große und starke Kolonialmacht. Die besten Seefahrer der Welt. Ich las ein Buch nach dem anderen über das Land, das wir besuchen würden.

Lillian sagte, ich begreife nicht, wozu das gut sein soll. Wir wollen doch nicht auswandern. Wir wollen nur am Strand liegen.

Ich konnte es kaum fassen, daß wir fahren würden. Daß Lillian ja gesagt hatte. Du wirst bronzebraun werden, sagte ich, du wirst ein neuer Mensch sein. Da unten haben sie ein anderes Klima, ein ganz anderes Licht. Gut, daß wir Anfang Juni fahren, da ist es vielleicht noch ruhig. Wir müssen rechtzeitig Geld wechseln, überlegte ich. Wir müssen Badesachen kaufen. Meine Badehose ist alt und verschlissen. Was ist mit dir, Lillian? Du brauchst doch sicher einen Bikini?

Und sie kaufte ein. Creme für die Sonne und Creme für nach der Sonne. Eine fürs Gesicht, eine für den Körper. Eine Sonnenbrille. Ich selbst hatte die alten Gläser, die auf der Brille befestigt werden, ich muß doch sehen können, wohin ich gehe. Auf Anraten des Reisebüros besorgte ich eine kleine Auswahl an Medikamenten. Und Lillian brauchte einen Paß. Ich gönnte mir neue Sandalen. Luftig und leicht waren sie, mit dünnen Riemen. Inzwischen war das gesamte Warensortiment bei Tybring-Gjedde rot, weiß und blau. Gartenmöbel und Sitzkissen kamen herein, Grillausrüstungen, Luftmatratzen und Sonnenschirme.

Und dann geschah endlich das Wunder. An einem kühlen Tag im Juni setzten Lillian und ich uns in den Zug zum Flughafen. Lillian war aufgeregt und hatte rote Wangen. Ich sagte, es sind doch nur acht Tage, Lillian, aber sie hatte für jede nur vorstellbare Situation gepackt. Zuletzt hatte sie sich zu Hause den Kopf über die Reisekleidung zerbrochen. Das ist doch unmöglich, sagte sie. Hier ist es kalt, also brauche ich eine lange Hose.

Aber dann landen wir, und dort ist es warm. Was soll ich denn nur anziehen?

Ich versuchte nach Kräften zu helfen. Ich bemühte mich, ihren Gedanken zu folgen, auch wenn das nicht einfach war. Aber ich übernahm ja gern die Führungsrolle. Das hatte ich so lange nicht mehr getan. Und es war ein gutes Omen für unsere Ferien, daß ich so viele Aufgaben übernehmen mußte, daß es so vieles gab, bei dem sie mich brauchte. Dann nimmst du eine dünne Hose, sagte ich, und eine dünne Bluse mit kurzen Ärmeln. Falls du eine hast. Aber du hast bestimmt eine. Und darüber ziehst du eine Jacke. Die kannst du ausziehen, wenn wir landen. So einfach ist das.

Bei dir hört sich alles so einfach an, sagte sie.

Wir stiegen am Flughafen Gardermoen aus dem Zug und fuhren mit der Rolltreppe hinauf in die Abflughalle. Oben angelangt, blieb Lillian stehen und schaute sich um.

Großer Gott, rief sie, wie sollen wir uns denn hier zurechtfinden? Sie mühte sich mit dem Koffer ab. Er fiel dauernd um. Ich sagte: Wir können doch einfach fragen. Hier wimmelt es schließlich von Uniformen. Ich ging zum erstbesten Schalter und legte unsere Tickets vor, hinter mir Lillian und zwei Koffer. Die Frau schaute die Tickets an und zeigte uns den Weg. Da siehst du's, sagte ich. Wir müssen da lang. Zu Premiair. So einfach ist das.

Und wir haben reichlich Zeit. Hast du irgendwas aus Metall in der Tasche? Dann gibt's nämlich Alarm bei der Sicherheitskontrolle, aber da brauchst du dir keine Gedanken zu machen. Du gehst einfach noch mal durch. Niemand regt sich deshalb auf, das passiert immer wieder. Nervös und mit flackerndem Blick trippelte Lillian los, aber es gab keinen Alarm. Endlich konnten wir mit unserem Handgepäck weitergehen. Ich hatte einen guten Roman dabei. Die Geschichte einer obsessiven Liebe. Ich dachte, die müßte sich im Süden doch gut machen, unter Palmen.

Als wir die Flugzeugtreppe hinabstiegen, schlug uns Hitze entgegen. Lillian blieb auf der obersten Stufe stehen und schnappte nach Luft. Unsicher stöckelte sie auf ihren hochhackigen Sandalen weiter. Ich sagte: Das Hotel hat eine Klimaanlage, unser Zimmer ist sicher angenehm kühl. Mach dir keine Sorgen.

Das letzte Stück sollten wir mit dem Bus fahren. Ich hielt Ausschau nach jemandem von StarTour und entdeckte eine Frau, die eifrig einen Ordner schwenkte.

Name? fragte sie.

Eckel, sagte ich. Eckel mit ck. Zwei Personen.

Sie lächelte verwirrt und sah erst mich und dann Lillian an. Sie selbst hieß Lisa. An ihrer Uniform war ein großes Namensschild befestigt.

Der da, sagte sie und zeigte auf einen Bus. Nr. 8. Der fährt zum Hotel Paraiso.

Lillian hatte schreckliche Mühe, sich auf ihren Sitz zu zwängen. Sie war rot und müde und schweißnaß. Ihre Bluse hatte mehrere große dunkle Flecken. Die Sitze waren weicher als die im Flugzeug, und man hatte mehr Beinfreiheit. Noch fünfzig Minuten, sagte ich. Bald können wir uns im Hotel ausruhen. Sie nickte tapfer.

Mehr als zehn Stunden waren vergangen, seit wir unsere Wohnung in Kolsås verlassen hatten. Endlich saßen wir in unserem Zimmer im Hotel Paraiso in Portugal. Die Möbel waren aus Bambus, das Bett hatte ein Kopfteil aus Manilahanf. Ich ließ meinen Koffer zu Boden fallen und steuerte den Balkon an. Draußen herrschte eine drückende Hitze, und das Meer, das ich nur wie einen Abgrund ahnte, glitzerte im Licht der am Ufer aufgereihten Hotels. Lillian stürzte ins Badezimmer. Ich hörte sie mit ihren Habseligkeiten klappern und klirren. Ich selbst stand auf dem Balkon und rührte mich nicht. In einer Ecke waren Plastikmöbel gestapelt, daneben stand ein Besen.

Den Sonnenschirm müßt ihr selbst kaufen, hatte Lisa von StarTour gesagt, und ihr dürft kein Leitungswasser trinken und kein ungeschältes Obst essen. Mir gefiel dieses Dramatische, daß wir uns gewissermaßen preisgaben, daß uns so viel zustoßen konnte. Ich hatte ja im Katalog darüber gelesen. Banden, die Kreditkarten stahlen. Fremde Bakterien. Sonnenstich. Taschendiebe. Betrunkene Taxifahrer.

Wirkliche Besorgnis verspürte ich jedoch nicht, und es machte mir nichts aus, einige einfache Verhaltensregeln zu befolgen. Lillian war noch immer im Badezimmer beschäftigt. Töpfe und Tiegel mußten in den Regalen untergebracht werden. Endlich kam sie zum Vorschein. Und wollte als nächstes ihre Kleider in den Schrank räumen.

Ich sagte: Komm auf den Balkon, Lillian. Du mußt dir den Atlantik ansehen. Zögernd kam sie heraus und trat neben mich. Ich sah, daß der Ausblick sie beeindruckte. Das von Scheinwerfern angestrahlte Schwimmbecken unter uns, der lange Strand noch weiter unten. Das Meer, ein dunkler Sog, so weit das Auge reichte. Bis nach Afrika, sagte ich. Wenn wir ein Boot hätten, könnten wir es jetzt zu Wasser lassen und nach Afrika segeln. So weit im Süden sind wir. Sie sollte sich freuen, aber sie wirkte eher ängstlich denn begeistert. Ich sagte: Morgen, wenn es hell ist, wird alles anders sein. Wenn du alles sehen kannst. Die Aussicht und die Menschen. Wir müssen uns morgen früh einen Laden suchen und fürs Frühstück einkaufen, fuhr ich fort. Brot und Kaffee. Bestimmt gibt es hier guten Kaffee. Kaum zu glauben, daß wir wirklich hier

sind. Da hast du's, sagte ich. Wenn man etwas erleben will, muß man handeln.

Sie nickte und wollte wieder ins Zimmer. Es ging
um die Kleider, sie mußte sie in den Schrank räumen. Ich folgte ihrem Beispiel. Ich war immer
schon umgänglich gewesen, entgegenkommend,
also packte auch ich meine Sachen aus und legte
sie in den Schrank. Irgendwann saßen wir endlich
auf dem Balkon. Ich mit einem Cognac, Lillian mit
einem Likör. Keiner sagte etwas. Jetzt war das auch
nicht nötig. Hier bedeutete es Freiheit, schweigen
zu können. Das Meer war uns genug. Lange,
langsame Wellen. Alles, was es in meinem Körper
an Flüssigkeit gab, wogte mit. Ich wurde hinausge-
zogen und wieder zurückgeschwemmt, wieder und
wieder. Hierher hatten wir fahren müssen. Ich
hatte es die ganze Zeit gewußt.

In der ersten Nacht unternahm ich keinen Vorstoß. Ich war bereit, Lillian Zeit zu lassen, ehe es zu
sexueller Annäherung kam. Aber sie gehörte einwandfrei zu meinem Plan. Waren wir denn nicht
Mann und Frau? Das Aufwachen war ein Schock,
alles war so fremd. Das erste, was in meinen Schlaf
drang, war heftiges Scharren von Plastikstühlen
auf dem Steinboden zwei Etagen tiefer. Unser Zimmer lag im dritten Stock, und als ich im Schlafrock
auf den Balkon hinaustrat und zum Schwimmbecken hinunterstarrte, sah ich einen jungen

Mann Tische und Stühle aufstellen. Er spülte den Boden mit einem Schlauch ab und las Abfall auf. Es war halb acht. Ich war müde nach der Reise, aber ungeheuer erregt bei dem Gedanken, daß wir endlich im Süden waren. Ich zog mich an und ließ Lillian schlafen. Ich wollte gleich einen Laden suchen und Kaffee und Brot kaufen. Das Einkaufen in einem fremden Land ist eine Herausforderung an sich. Ich fand Milch, wußte aber nicht, ob ich einen blauen oder einen grünen Karton nehmen sollte. Ich fand Kaffee, hatte aber keine Ahnung, ob er mild und rund oder voll und kräftig war. Mit dem Brot war es leicht. Es war frisch und noch warm, und es duftete wunderbar. Ich kaufte Schinken und Käse. Wir sind im Ausland, dachte ich, hier kennen sie sich aus mit Fleisch und Schinken. Die Butter, die ich fand, war seltsam weiß. Ich hatte Magermilch gekauft. Aber der Kaffee war gut. Lillian stand auf und machte sich zurecht. Ich deckte den Tisch auf dem Balkon. Sie kostete vorsichtig, was ich mitgebracht hatte, und starrte auf den überfüllten Strand hinunter. Rümpfte die Nase, als sie die vielen Menschen sah. Ich sagte, da ist Platz genug für alle. Und wir haben schließlich bezahlt, also können wir uns einfach einen Platz suchen und uns ausbreiten. Das Ausbreiten war aber nicht so ganz Lillians Stil. Sie befand sich nicht mehr in der sicheren Wohnung. Sie war verwirrt. Skeptisch beäugte sie das Gewimmel. Erst mal wollte sie eine

Strandtasche packen. Ich sagte: Das ist nicht nötig. Wir ziehen unsere Badesachen gleich drunter, und sonst brauchen wir nur Sonnencreme. Und eine Flasche Wasser. Sie aber packte alles mögliche ein. Sonnencreme. Sonnenbrille, Handtücher, einen dünnen Pullover, falls es kühl würde, zwei Zeitschriften, die sie am Flughafen gekauft hatte, einen Bademantel aus Frottee. Haarbürste und Spiegel. Endlich waren wir fertig. Wir schlossen das Zimmer ab, und ich steckte die Schlüsselkarte in die Tasche meiner Shorts. Vom Fenster aus hatte es ausgesehen, als sei der Strand ziemlich nahe. In Wirklichkeit aber war es recht weit. Wir mußten einen großen Bogen um alle Hotels machen. Bald keuchten wir in der Hitze. Lillian schwitzte. Das letzte Stück balancierten wir über einen auf dem Strand ausgelegten Bohlenweg. Die Bohlen rochen nach Teer. Linker Hand ragte ein hölzerner Steg ins Meer. Draußen saßen Leute mit langen Angeln. Wir hielten Ausschau nach einem Platz für zwei. Das war nicht leicht. Unten am Wasser sah es am günstigsten aus. Wir breiteten unsere Handtücher aus und streiften die Kleider ab. Lillian trug einen grünen Badeanzug mit einem kleinen Röckchen.

Der ist wirklich hübsch, sagte ich aufmunternd, aber sie schüttelte ablehnend den Kopf.

Findest du nicht? fragte ich verständnislos. Dann begreife ich nicht, warum du ihn gekauft hast.

Ich hatte noch nie so braune Menschen gesehen wie an diesem Strand. Unter ihnen waren auch etliche Afrikaner; sie liefen umher und verkauften Sonnenbrillen, Schnitzarbeiten und Schmuck. Wann immer sich einer näherte, hob ich die Hand wie ein Stoppschild und drehte mein Gesicht weg. Dann gingen sie weiter. So etwas beherrsche ich, diese kleinen, deutlichen Signale. Lillian aber schaute ihnen sehnsüchtig hinterher. Sie war ganz und gar rosa, wie sie da auf dem Handtuch saß in ihrem grünen Badeanzug. Aufmerksam musterte sie die gebräunten jungen Mädchen. Viele liefen oben ohne herum. Ich war überaus fasziniert. Ich war lange nicht mehr an einem Strand gewesen und konnte mich nicht erinnern, jemals so viele barbusige Frauen auf einmal gesehen zu haben. Die meisten waren sicher unter zwanzig und hatten so festes Fleisch, daß, abgesehen von ihren Haaren, nichts sich bewegte, wenn sie durch den Sand liefen. Alles war intensiv. Die Hitze, die brennende Sonne. Wir hatten unterwegs keinen Laden mit Sonnenschirmen gefunden, die Sonne knallte erbarmungslos und brannte sich bis in unser Rückgrat.

Die Wellen rollten über den Strand, ein ewiges, brausendes Dröhnen. Fast kein Mensch badete, was ich seltsam fand.

Du hast was von zuckerweißem Sand erzählt, sagte Lillian und bohrte die Zehen in den Sand. Er war rot und ziemlich grobkörnig.

156

Na ja, sagte ich, er ist jedenfalls feiner als der zu Hause. Wir wollen doch baden? Na los. Ich erhob mich in meiner neuen Badehose. Sie war blau, die Beine waren ein wenig lang, und vor meinem Bauch saß ein Schnürverschluß. Vorn rechts hatte sie eine kleine Tasche mit einem aufgestickten roten Anker. Wir versteckten unser Geld in einem meiner Schuhe und bedeckten ihn mit den Handtüchern. Dann gingen wir zum Wasser. Zwischen zwei Wellen, nachdem die eine sich langsam zurückgezogen hatte und bevor die nächste heranrollte, machte ich einige übermütige Schritte. Ein eisiges Gefühl bemächtigte sich meiner. Das Wasser war grauenhaft kalt. Es war lähmend, betäubend kalt, und in Sekundenschnelle waren meine Zehen taub. Ich blieb verwirrt stehen und sah zu Lillian hinüber. Sie wußte nicht mehr ein noch aus, als die Kälte nach ihr griff. Sie stand bis zu den Knöcheln im Wasser und schien bereits festgefroren. Ich wandte mich zum Strand um, zu den vielen Menschen. Die badeten nicht, weil das Wasser ganz einfach zu kalt war. So sah das aus. Ich bückte mich trotzig und spritzte mir ein paar Tropfen auf die Arme. Das tat weh.

Hier kann man doch unmöglich baden, sagte Lillian. Du hast gesagt, es wäre warm wie in der Badewanne.

Ein Mann trat neben uns. Er schien das Problem erkannt zu haben. Er trug einen beeindruckenden

Bauch vor sich her. Der schien bis zum Bersten gespannt, so als könne er jeden Moment explodieren und seinen Inhalt in das salzige Wasser ergießen. Ich konnte kaum den Blick davon wenden.

Ja, verdammt, da haben wir ja am Nordkap noch besseres Badewasser, sagte er grinsend und spuckte mannhaft ins Wasser.

Ja, ich muß zugeben, ich bin ein wenig baff, erwiderte ich. Inzwischen waren meine Beine so gut wie gelähmt, die Kälte strahlte bis weit in die Oberschenkel hoch.

Können auch nichts anderes erwarten, wenn wir Ferien am Atlantik buchen, sagte er. Wir kommen schon seit zehn Jahren her. Haben uns daran gewöhnt.

Damit machte er einige rasche Schritte durch die Wellen und schwamm los. Für einige Sekunden blieb er verschwunden, dann tauchte er zwischen zwei Wellenkämmen auf und wieder unter. Lillian starrte ihm hinterher.

Norwegischer Wikinger, sagte ich humorvoll. Aber sie lächelte nicht. Sie schmollte. Sie machte kehrt und legte sich wieder aufs Handtuch. Ich folgte ihr. Wenn ich schon nicht baden kann, dann will ich wenigstens braun werden, sagte sie und schloß die Augen.

Wir können im Hotel-Schwimmbecken baden, sagte ich.

Gegen Mittag ging ich zum Kiosk und kaufte Hamburger. Wir hatten Hunger und langten gierig zu. Das Brot war besser als die Hamburgerbrötchen bei uns zu Hause, das Ketchup kräftiger. Gesättigt legten wir uns wieder in die Sonne. Als wir Durst bekamen, kaufte ich uns eine Dose Bier. Ich entschied mich für das einheimische, es schmeckte ausgezeichnet. Ringnes und Frydenlund können sich nur noch die Decke über den Kopf ziehen, die portugiesischen Brauereien verstehen ihr Handwerk nun wirklich. Wir schliefen ein. Wurden aber brutal aus dem Schlaf gerissen, weil plötzlich Wellen mit gewaltiger Kraft über unsere Handtücher spülten. Alles wurde naß. Wir fuhren aus tiefem Schlaf hoch, als das eiskalte Wasser über unsere Beine flutete. Die Leute in unserer Nähe lachten los. Sie hatten gewußt, daß die Flut so plötzlich einsetzen würde. Jetzt war mir klar, warum sonst niemand so dicht am Wasser hatte liegen wollen. Wir packten unsere Sachen zusammen. Ich war leicht empört. Sie hätten uns doch warnen können, sagte ich zu Lillian, als wir mit unseren triefnassen, von rotem Sand verklebten Handtüchern dastanden. Sie hätten uns warnen können. Da waren wir ganz einer Meinung. Zum ersten Mal seit Monaten waren wir ganz einer Meinung. Ein starkes Zusammengehörigkeitsgefühl machte sich in mir breit. Wir waren wieder ein Paar. Wir standen zusammen gegen die feindliche Umwelt.

Wir gingen zurück ins Hotel. Ich sagte: Jetzt können wir duschen und uns umziehen, und dann suchen wir uns ein gemütliches Restaurant. Lillian verschwand im Badezimmer. Dort blieb sie lange. Ich saß auf dem Balkon, schaute auf den Atlantik und reinigte sorgfältig meine Nägel. Die im Reisebüro hätten doch sagen können, daß das Wasser kalt ist, dachte ich. Die haben bestimmt eine gewisse Informationspflicht. Es tröstete mich, daß wir immerhin das Recht hatten, uns zu beschweren, und ich beschloß, dieses Recht zu nutzen. Das würde ich auf jeden Fall tun. Ich holte mir eine Flasche Wasser aus dem Kühlschrank und leerte sie langsam. Mein Rücken schmerzte nach den vielen Stunden im harten Sand. Ich war benommen von Sonne und Hitze. Um meinen Bauch zog sich ein schmaler runzliger Streifen, den das Gummi der Badehose hinterlassen hatte. Ich betastete ihn immer wieder mit den Fingerspitzen. Obwohl ich eine Sonnenbrille getragen hatte, taten meine Augen schrecklich weh. Aber ich bin von Natur aus großmütig und geduldig, ein paar Fehler standen uns doch zu. Wir hatten noch viele Tage vor uns. Irgendwann fragte ich mich, ob Lillian im Badezimmer eingeschlafen war. Aber dann kam sie zum Vorschein. In einem geblümten Sommerkleid mit dünnen Trägern. Mit schönen weißen, hochhackigen Sandalen. Rosa Lippenstift. Und einer gewissen, durch die Sonne erweckten Glut in den Wangen. Ich war zutiefst gerührt, als ich sie so sah. Nein, was siehst du gut aus! rief ich. Du kommst mir vor wie eine ganz andere, Lillian!

Ich selbst entschied mich für ein hellblaues Hemd. Das weiße wollte ich aufbewahren, bis ich bronzebraun war.

Wir gingen hinaus in den warmen Abend. Hinaus in dichte Dunkelheit. An der geschlossenen Rezeption vorbei, über einen kleinen Weg zur Straße und dann hinunter in die Stadt. Das Hotel lag auf einer Anhöhe. Wir mußten eine Steintreppe hinabsteigen, um zum Zentrum zu gelangen. Ich zählte zweiundachtzig Stufen. Das wird eine ziemliche Herausforderung, wenn wir nach Hause gehen, sagte ich. Zweiundachtzig Treppenstufen nach einem Abendessen!

Die Menge der Lokale in dem kleinen Ort war überwältigend. Ich hätte mir bei der Auswahl gern mehr Zeit gelassen. Das Essen ist schließlich der Höhepunkt des Abends, da wollte ich auf Nummer Sicher gehen. Nicht ins erstbeste Restaurant rennen. Ich wollte alle draußen angebrachten Speisekarten lesen und die Preise vergleichen. Ich wollte mir die Lokale ansehen. Was herrschte dort für eine Stimmung, welchen Eindruck machten die Stühle? Lillian sagte, sie bringe es nicht fertig, hier Zeit zu vergeuden, sie habe Hunger. Und so landeten wir bei Sergio. Ich weiß nicht mehr, wie das

Lokal hieß, ich kann mich nur an den Namen des Kellners erinnern. Das Restaurant war klein und ansprechend, und wir waren die ersten Gäste. Das ist gut, dachte ich, da können wir mit dem besten Service rechnen. Es war allerdings Lillian, der die meiste Aufmerksamkeit zuteil wurde. Der gute Sergio wußte, wie man Frauen betört, die dann ihren Mann überreden, immer wieder dieses Lokal aufzusuchen. Sogar Lillian lebte auf. Ab und zu erkannte ich ihr schelmisches Lächeln. Ihre raschen grünen Blicke und die Art, wie sie die Augen niederschlug. Das hast du also nicht vergessen, dachte ich, wenn du willst, dann kannst du das noch. Es ist doch nützlich, das zu wissen.

Ich bestellte Schwertfisch. Ein wenig Mut muß man schon aufbringen, sagte ich, die lokale Küche ist sicher die beste. Lillian wollte Lamm. Sergio scharwenzelte in seinem schneeweißen Hemd um sie herum, er schenkte uns Wein nach und brachte andauernd frische Servietten. Er war in meinem Alter, ziemlich klein, goldbraun und albern. Seine Haare waren blauschwarz und kurzgeschnitten, die Augen dunkel und lebhaft. Er wollte alles wissen. Woher wir kämen, in welchem Hotel wir wohnten, wie lange wir zu bleiben gedächten. Ich antwortete in brauchbarem Englisch, das er problemlos verstand, und übersetzte dann für Lillian. Voller Wärme erzählte Sergio von seiner Heimat Portugal. Es gibt hier so viel zu sehen, sagte er, viel mehr als Strände und Sonne. Ich sagte: Ja, natürlich. Ich nickte und nickte. Lillian kaute und kaute. Das Lammfleisch war zäh, aber sie sagte nichts. Wir tranken den Wein des Hauses. Lillian schob ihren Teller weg. Ich habe ganz steife Glieder, sagte sie. So als wäre meine Haut mir zu eng.

Sie hatte zu viel Sonne abbekommen. Ihre Haut brannte, sie konnte sich nicht im Sessel zurücklehnen, sondern saß vornübergebeugt am Tisch. Ihre Wangen glühten unheilverkündend. Ihre Haut juckte, aber sie wagte nicht, sich zu kratzen, weil ihr alles weh tat. Sie fächelte sich mit der Speisekarte Kühlung zu. Schweiß perlte auf ihrem Nasenrücken. Ich sagte, du hast dich doch sicher gut eingeschmiert? Hattest du nicht Faktor 16 dabei?

Doch. Aber das ist doch alles Schwindel, sagte sie. Dieser Faktorkram.

Ich hatte ebenfalls einen Sonnenbrand, aber nicht ganz so schlimm. Vielleicht solltest du morgen ein T-Shirt anziehen, schlug ich vor. Aber sie fiel mir schroff ins Wort. Sie sei nicht in den Süden gekommen, um verhüllt am Strand zu sitzen. Du solltest aber aufpassen, beharrte ich. Es wäre doch dumm, wenn du deshalb nachts nicht schlafen könntest. Für den Rückweg wollte sie eine Jacke anziehen, aber sie konnte den Stoff auf der Haut nicht ertragen.

Es tat gut, an die Luft zu kommen. Die Temperatur war angenehm, nur die zweiundachtzig Stufen stellten eine Prüfung dar. Wir zogen uns am Geländer hoch und legten immer wieder Pausen ein. Schon auf halber Höhe schnappte Lillian keuchend nach Luft. Die ganze Zeit wurden wir von allerlei streunenden Hunden verfolgt, kleinen, zottigen, bettelnden Kreaturen. Lillian wollte sie streicheln, aber ich sagte nein. Die könnten Tollwut haben, meinte ich. Sie schnaubte nur. Sie hatte ziemliche Mengen Wein getrunken, und sie schnaubte. Wir setzten uns auf den Balkon und schauten auf den Atlantik. Sie holte ihre Likörflasche. Eine Lampe an der Wand hinter uns verbreitete ein angenehmes, mattes Licht. Als ich Lillian so sah zwischen Licht und Dunkelheit, mit ihrer glühenden Haut, fand ich sie schön. Ich dachte, an mir soll es nicht liegen. Ich würde sehr weit gehen. Aber du mußt mir die Hand reichen, ich will nicht betteln wie ein Hund. Das dachte ich, während ich an meinem Cognac nippte. Inzwischen war mir auch heiß, ich war dem Siedepunkt nahe. Lillian wollte vor dem Schlafengehen noch kalt duschen, gab den Versuch aber auf und kam wieder zum Vorschein. Die Wasserstrahlen schmerzten zu sehr auf der wunden Haut, sagte sie und legte sich unter die dünne Bettdecke. Sie war rot wie eine Pfingstrose. Du hast ja wirklich einen argen Sonnenbrand, sagte ich. Gleich morgen früh suche ich eine Farmacía und kaufe etwas Kühlendes. Und wenn ich nichts finde, mußt du es mit dem Meer versuchen, das ist ja kalt genug. Sie schlief vor Erschöpfung ein. Erschöpft von Sonne und Wein und Hitze. Und weil sie so schrecklichen Sonnenbrand hatte, durfte ich sie nicht berühren.

Am nächsten Morgen erhob sie sich mit steifen Bewegungen. Ich fragte, ob es ihr besser gehe, sie sagte, es sei schlimmer. Vielleicht sollten wir heute den Strand ausfallen lassen, sagte ich. Wir können uns die Stadt ansehen. Wir können shoppen, schlug ich vor, um sie zu locken. Aber Lillian wollte an den Strand. Sie wollte braun werden. Ich sehe dünner aus, wenn ich braun bin, behauptete sie.

Wie dünn willst du eigentlich werden? fragte ich.

Wir kauften zwei Sonnenschirme. Jetzt hatten wir unsere Lektion gelernt. Wir legten uns in die hinterste Reihe. Sollte die Flut doch kommen. Nach zwei Minuten sagte Lillian, es brenne überall. Du mußt etwas überziehen, wiederholte ich. Offene Wunden dürfen wir nicht riskieren. Widerwillig gab sie nach und zog ein T-Shirt an. Später verließen wir den Strand und setzten uns an eine schattige Bar. Bestellten uns etwas zu trinken und sahen uns die Leute an. Viele waren sonnenverbrannt, vor allem die Engländer. Manche waren rot wie Spanferkel. Da hast du's, sagte ich, wir sind nicht die einzigen. Ich allerdings hatte im Laufe der Nacht einen leicht goldenen Farbton angenommen. Da die Getränke billig waren, bestellten wir noch zwei. Bald war Mittagszeit, und wir setzten uns zum Essen ins Innere der Bar, wo es eine Klimaanlage gab.

Ach, tut das gut, sagte Lillian und seufzte. Mir ging auf, daß ich mich nicht daran erinnern konnte, wann Lillian zuletzt gesagt hatte, etwas tue gut. Die Kühle in dem dunklen Lokal linderte den Brand auf ihrer Haut. Sie bestellte ein Sandwich mit Käse und Schinken. Das ist trocken, sagte sie nach dem ersten Bissen und machte ein beleidigtes Gesicht. Ich sagte, sie solle sich an mir ein Beispiel nehmen. Einheimische Kost bestellen, keine Touristennahrung. Ich hatte mich für Hähnchenbrust mit Piri Piri entschieden. Die ganze Zeit lauerte ich auf Zeichen ihrer Begeisterung über unseren exotischen Urlaub, aber ich fand keine. Sie hat schrecklichen Sonnenbrand, sagte ich mir. Wenn der erst einmal abgeklungen ist, wird alles besser. Wenn sie sich akklimatisiert hat. Ich wollte ihr neue Chancen geben. Ich selbst war mit dem Stand der Dinge durchaus zufrieden.

Nach dem Mittagessen wollte sie ein Nickerchen machen, und ich bestärkte sie darin. Zieh die Vorhänge vor, sagte ich, und ruh dich ein wenig aus. Ich mache einen Spaziergang durch die Umgebung. Sie legte sich aufs Bett, schloß die Augen und deckte sich mit einem dünnen Laken zu. Ich ging hinunter an die Rezeption. Wechselte ein paar Worte mit dem Mann hinter dem Tresen, beugte mich lässig vor und blätterte in verschiedenen Broschüren. Er erwähnte einige Sehenswürdigkeiten für den Fall, daß wir einen Wagen mieten wollten. Aber die Vorstellung, über die verkehrsreichen schmalen Straßen fahren zu müssen, noch dazu in einem fremden Auto, gefiel mir nicht. Vielleicht saß der Rückwärtsgang anderswo als in meinem Mazda. Ich sagte, wir sind ja nur kurz hier. Und meine Frau hat schrecklichen Sonnenbrand. Die Sonne hier unten hat große Kraft, sagte der Mann. Ihre Frau wird auch mit Kleidern braun. Sagen Sie ihr das. Das versprach ich, und dann ging ich hinaus auf die Straße. Zwischen den Häusern lag eine brütende Hitze. Mir begegneten schwarz gekleidete Frauen mit Körben und Tüten, verirrte Katzen, dünn wie Skelette, und streunende Hunde. Endlos viele streunende Hunde. Wenn ich einen von ihnen nur ansah, war es schon geschehen, sofort lief er hinter mir her. Ich war eine Stunde unterwegs und triefte vor Schweiß. Wäre das Wasser nicht so kalt gewesen, ich wäre ins Meer gesprungen. Hätte mich einfach hineingeworfen. Schade, daß man nicht baden kann, murmelte ich. Warum haben die das im Reisebüro in Sandvika bloß nicht gesagt? In Griechenland war das Wasser warm gewesen, das fiel mir plötzlich ein. Ich war schrumplig wie eine Rosine, wenn Mutter mich herausfischte, weil ich essen sollte. Aber hier. Das pure Eiswasser. Das hätten sie uns sagen müssen. Ich durfte nicht vergessen, nach unserer Rückkehr eine schriftliche Beschwerde einzureichen. Aber an unsere Rückkehr wollte ich nicht denken. Ich dachte an Lillian, die glühend unter dem Laken lag und schlief. Ich wanderte durch die Hitze und spürte, daß unter meinen Shorts etwas Unausweichliches geschah. Es drängte und pochte. Ich erblickte keinen Zufluchtsort, keine Toilette, nicht einmal eine Bar hier oben auf der Anhöhe, nur schlichte weiße Häuser. Da lag nun meine Frau im Hotel, ließ sich aber nicht benutzen. Wozu soll das gut sein? fragte ich mich. Was soll ich mit all dem machen, was da drängt und pocht? Ist es bei Frauen vielleicht nicht so dringend? Meine Hoffnung war, daß sie noch schlief, wenn ich zurückkam. Damit ich mich ins Badezimmer schleichen und das Notwendige in die Wege leiten konnte. Aber als ich unser Zimmer betrat, war das Bad bereits von ihr besetzt. Sie schmierte sich mit After Sun ein. Als sie endlich zum Vorschein kam, glänzte ihr roter Körper überall. Diese Creme hat eine kühlende Wirkung, sagte sie. Das hilft ein wenig.

Wir beschlossen, in die Stadt zu spazieren und uns dort umzusehen. Das Sommerkleid konnte sie nicht tragen, die Träger schnitten in die verbrannte Haut. Sie mußte Rock und Bluse anziehen. Da komm ich schon mal in den Süden, sagte sie verärgert, und dann muß ich wie ein Schulmädchen herumlaufen. Wo ich endlich ein bißchen Farbe habe. Ich dachte, das da ist keine Farbe, Lillian, das ist eine Verbrennung zweiten Grades, aber ich sagte nichts. Wir stiegen die zweiundachtzig Stufen hinunter. Ich hätte gern ihre Hand genommen, weil ich das auch bei anderen Paaren sah. Aber irgend etwas war da an ihrer Art zu gehen, ihre Hand ließ sich nicht fassen. Auch sie kann diese winzigen Signale senden, dachte ich und verfluchte mich sogleich, weil ich sie empfangen und befolgt hatte. Hätten meine sozialen Antennen weniger gut funktioniert, dann hätte ich mit der größten Selbstverständlichkeit die Hand meiner Frau ergreifen können. Es wäre nett gewesen, Hand in Hand mit Lillian durch die Straßen zu gehen wie in alten Tagen. Aber das tat ich nicht. Sie erdrückt mich, dachte ich, sie preßt mich zu Boden und nimmt mir jede Handlungsfähigkeit. Ich werde zu einem unterdrückten Mann. Sofort stellte der Druck in meinem Hinterkopf sich wieder ein. Das erwähnte ich aber nicht. Es wäre unmöglich gewesen, gegen ihren Sonnenbrand anzukommen.

In der Mitte der Stadt lag ein schöner Platz. Überall Menschen und Musik und Buden. Wir setzten uns zum Ausruhen auf eine Bank. Ich fragte, ob sie ein Eis wolle, aber sie sagte nein. Also kaufte ich nur für mich ein Eis und aß es unendlich langsam. Sie warf einen kurzen Blick auf das Eis. Das ist sicher total bakterienverseucht, sagte sie.

Ich schmatzte unverdrossen weiter. Davon hat Lisa nichts gesagt, erwiderte ich, sie hat nur Wasser und Obst erwähnt. Wo wollen wir heute essen?

Bei Sergio, sagte Lillian. Entschieden und auf eine Weise, die keinen Widerspruch duldete. Ich brachte es nicht über mich, mit ihr darüber zu diskutieren. Zu Hause ist alles leichter, dachte ich, da ist sie den ganzen Tag bei der Arbeit. Abends haben wir den Fernseher. Sie war abwechselnd etwas, wonach ich greifen und woran ich mich gütlich tun wollte, und ein Egel, den ich nicht von meiner Haut losbekam. Wir standen auf und gingen weiter. Vor jedem einzelnen Fenster blieb sie stehen und betrachtete ihr Spiegelbild im Glas. Sie starrte Kleider und Röcke an, sie zählte Geld. Die Sandalenriemen scheuerten Blasen an ihre Füße. Sie sagte, es ist so heiß. Ich kann nachts kaum schlafen. Meine Haut brennt. Ich hab solchen Durst. Wie viele Tage sind wir schon hier?

Ich kaufte eine Postkarte. Eine Luftaufnahme der Algarveküste, mit scharfen Klippen und rotem Sand.

Hallo, allesamt, schrieb ich den Jungs im Lager. Hier unten ist es wunderbar warm, und das Wasser ist phantastisch und kristallblau. Das Essen ist köst-

lich. Die Batterien werden aufgetankt. Viele Grüße,
Jonas.

Zufrieden warf ich die Karte ein. Solche Dinge
wollen die Leute hören. Die Wahrheit ist weniger
interessant. Die Wahrheit, daß wir mit Sonne und
Hitze kämpften, mit Sand in den Haaren und bren-
nenden Augen und schließlich auch noch mit
Durchfall, die würde ihnen nicht schmecken. So
etwas darf man anderen nicht zumuten. Vielleicht
planten auch Arvid und Marthe eine kleine Reise
in den Süden, man wußte doch nie. Lillian ver-
schickte keine Karten. Ich fragte, was ist mit
AnneMa, was mit Sverre und Alfhild, aber sie
zuckte nur mit den Schultern. Ich weiß nicht, was
ich schreiben soll, sagte sie.

Ich fand immer noch, daß wir um den Strand
einen großen Bogen machen sollten, Lillians
wegen. Meine Haut hätte schon wieder Sonne ver-
tragen, sie dagegen war immer noch rot wie ein
Feuerwehrauto. Nach dem Frühstück legten wir
uns vor dem Hotel in den Schatten. Nach dem Mittagessen schlenderten wir hinunter in die Stadt.
Ich aß Eis. Eine Kugel Erdbeer, eine Vanille. Lillian
sagte, die hygienischen Bedingungen hier seien
nicht dieselben wie zu Hause, das verstehe sich von
selbst, bei dieser Hitze müsse doch alles verder-
ben. Ich aß mein Eis trotzdem. Ich wollte mir etwas Gutes tun, ich wollte gefährlich leben. Wenn
sie sich jeden Genuß versagen wollte, dann war das

ihre Sache. Vor allem hatte sie natürlich Angst um ihr Gewicht. Sie klammerte sich regelrecht an ihren harten, schlanken Körper. Er war eine Rüstung, die sie angelegt hatte und nie wieder hergeben wollte. Auf unserem Weg durch die Fußgängerzone kamen wir an einer Menschenansammlung vorbei. Die Leute drängten sich aneinander und starrten etwas an. In diesen Straßen wurde allerlei Unterhaltung geboten. Manche bemalten die Haut von Frauen mit Henna. Andere führten Spielzeug vor. Wieder andere fertigten kleine Gemälde auf Glas oder Samt an. Aber das, was hier angestarrt wurde, bewegte sich nicht. Ein Mann stand reglos auf einem Sockel. Auf den ersten Blick hielt ich ihn für eine Statue. Der Mann war nämlich aus Gold. Hut, Jacke, Hose und Stiefel waren von einem phantastischen Glanz. Ich traute meinen Augen nicht und sah mir sein Gesicht ganz genau an. Sein Mund war geschlossen, die Zähne blieben verborgen. Ansonsten gab es nicht einen Punkt an ihm, der nicht golden gewesen wäre. Abgesehen vom Weißen in seinen Augen und der dunklen Iris. Aber die Wimpern, die Brauen, sogar die Haut in den Ohren, alles war mit Goldfarbe überzogen. Mit einer Art feinem Staub, der geschmolzen zu sein schien. Ich sagte zu Lillian, jetzt bleiben wir eine Weile hier stehen, denn irgendwann muß er sich garantiert irgendwo kratzen, und das will ich sehen. Ich schätzte den Mann auf unter dreißig. Wenngleich das bei der vielen Goldschminke nur schwer zu beurteilen war. Sogar seine Schnürsenkel waren golden. Er stand und stand einfach nur da. Und Lillian genauso. Wie versteinert stand sie da und glotzte wie ein Kind. So etwas hatte sie noch nie gesehen. Mir dagegen fiel ein, daß ich einmal auf Aker Brygge in Oslo einen Mann gesehen hatte, der weiß wie Mehl gewesen war. Lillians Mund stand offen, ihre Augen waren tellergroß. Auf dem Boden vor dem Sockel lag ein Hut mit einigen Münzen. Lillian begann nach Geld zu kramen. Ich starrte dem Mann in die Augen, um ein gieriges Zucken zu beobachten, einen winzigen Blick auf Lillians Portemonnaie. Aber es rührte sich nichts. Lillian hielt die Münze für einen Moment in der Hand. Dann ließ sie sie in den Hut fallen. So verdient er sich also seinen Lebensunterhalt, dachte ich. Wie lange kann er wohl so stehen? Ihn zu fragen hatte ja wohl keinen Zweck. Seine Aufgabe war es, auf dem Sockel zu stehen, ohne auch nur den kleinsten Muskel zu bewegen. Aber dann passierte etwas. So als hätte Lillians Münze eine kleine Maschinerie in Gang gesetzt. Plötzlich kippte sein Kopf nach vorn, und seine Arme hoben sich mit mechanischem, kurzem Rucken. Lillian fuhr zusammen und trat einige Schritte zurück. Mir kam die wahnwitzige Idee, er könne ganz einfach ein batteriebetriebener Roboter sein. Jetzt streckte er Lillian die Hand hin. Und das Wunder geschah, sein Blick, der bisher tot gewesen war, leuchtete auf wie ein Blitz und richtete sich auf sie. Lillian stand da wie angewurzelt. Auch sie konnte nicht glauben, daß er wirklich lebendig war und ausgerechnet von ihr etwas wollte.

Aber nun geh doch hin, sagte ich, ein wenig gereizt, weil sie so begriffsstutzig war. Er will dir für das Geld danken!

Sie trat wieder vor und starrte ihm in die Augen. Dann nahm sie all ihren Mut zusammen und streckte die Hand aus. Er knickte in der Mitte ab, ergriff ihre Hand und küßte sie mit seinen goldenen Lippen. Dann richtete er sich auf dieselbe ruckhafte, mechanische Weise auf und nahm seine alte, unbewegliche Haltung wieder ein. Es schien, als habe er sich überhaupt nicht bewegt. Vielleicht hatten wir das alles nur geträumt. Lillians Augen glänzten. Er hat mir die Hand geküßt! rief sie. Eifrig wie ein Kind, das ein spannendes Spielzeug bekommen hat.

Ich forschte in seinem Gesicht nach einem Lächeln, einer winzigen, verräterischen Grimasse, aber nein. Die Vorstellung war vorüber. Er will mehr Geld, dachte ich. Damit können wir ihn zum Leben erwecken. Er lebt, wenn wir Geld einwerfen.

Komm, sagte ich. Gehen wir weiter. Aber Lillian blieb stehen.

Er ist bestimmt häufiger hier, sagte ich, einigermaßen verärgert. Irgendwann kannst du noch mal Geld einwerfen. Ihr Blick schien ins Leere zu gehen, als wir endlich weiterschlenderten. Immer wieder schaute sie sich um. Wie ist das nur möglich? rief sie aufgeregt.

Langes Training, sagte ich sachlich. Bestimmt ist er Schauspieler oder Tänzer.

Aber trotzdem! rief sie. Sich überhaupt nicht zu bewegen! Bei dieser Hitze! Und so dick angezogen!

Er bleibt da sicher nie sehr lange stehen, sagte ich. Sonst würde die Farbe schmelzen.

Hast du seine Wimpern gesehen? zwitscherte sie. Wie dünne Goldfäden. So was hab ich noch nie gesehen.

Das war doch nur Farbe, sagte ich. Wie seine Haut unter der ganzen Schminke wohl aussieht? Wenn er eine ganze Saison hier gestanden hat.

Seine Haut? Die war doch ganz glatt, sagte sie verträumt, wie poliert war die. Hast du gesehen, wie die Wangen in der Sonne geglänzt haben?

Ich schwieg. Es mußte doch eine Grenze für diese Begeisterung geben. Jede Stadt hat so einen Mann, dachte ich, jedenfalls um diese Jahreszeit. Ich hatte einmal das Bild eines Mannes gesehen, der auf einem Platz in München stand. Er war grau wie Stein. Auf seinen Schultern klebte sogar grüne Vogelkacke. Alles kein Grund, ein solches Geschrei zu machen.

Aber du warst doch auch beeindruckt, behauptete sie. Ich sagte: Ja, natürlich, er war beeindruckend. Aber das ist doch kein Grund, ein solches Geschrei zu machen.

Ich schreie nicht, sagte sie mit aufgesetztem Schmollen. In Wirklichkeit schmollte sie kein bißchen. Hätte ich es nicht besser gewußt, ich hätte glauben können, sie sei in diesen mechanischen Mann aus Gold verliebt. Binnen einer Sekunde hatte er alle ihre Verteidigungsbollwerke durchdrungen und an ihr Innerstes gerührt!

Wir setzten uns in Sergios Lokal, und Lillian bestellte Wein. Sie schien aus einer Art Dämmerzustand erwacht. Plötzlich war sie ganz und gar anwesend. Das hat nichts mit diesem Mann zu tun, dachte ich optimistisch. Endlich hat sie sich akklimatisiert. Ab sofort werden wir einen schönen Urlaub haben. In dieser Nacht würde ich einen Vorstoß wagen. Ja, das würde ich. Ich war zwar nicht aus Gold, aber ich konnte mich immerhin bewegen. Ich sorgte dafür, daß sie reichlich trank. Es war leicht, Lillian mit Wein zu füllen, sie nahm ihn glücklich entgegen. Sie machte sich richtig gut. Ihre Bluse war so rosa wie ihr Mund. Den Sonnenbrand vergaß sie, vielleicht plagte er sie auch nicht mehr so. Etwas in ihr hatte sich gelöst. Eine jahrelange Qual schien endlich nachzulassen. Nach dem Essen wollte sie auf demselben Weg zurückgehen, um zu sehen, ob der Mann noch dastand. Ich sagte, du bist doch verrückt. So lange hält er nicht durch. Der war schon längst unter der Dusche, und alle Schönheit ist von ihm abgespült und im Abfluß verschwunden.

Aber sie ließ nicht locker. Also schlenderten wir noch einmal jene Straße entlang. Sie schaute in ihr Portemonnaie. Es war voller Münzen. Der Sockel dagegen war leer.

Wann ungefähr haben wir ihn gesehen? fragte sie. Vielleicht steht er jeden Tag zur selben Zeit hier?

Das war zehn nach sechs, sagte ich. Ich konnte nicht begreifen, warum sie sich so anstellte. Und ich fing an, sie zu necken. Das ist zwar nicht meine Art, aber ich konnte mich einfach nicht beherrschen.

Du kannst dir ja so einen zu Weihnachten wünschen, sagte ich. Du kannst ihn neben dein Bett stellen und Geld einwerfen, wenn du einen Kuß willst. Falls du bereit bist, dafür zu zahlen.

Ihre Miene verdüsterte sich.

Kratz ihm die goldene Farbe ab, dann hast du einen mageren, heruntergekommenen Typen mit unreiner Haut, fuhr ich fort. Einen arbeitslosen Schauspieler.

Ich war nie streitsüchtig gewesen, aber sie benahm sich einfach zu kindisch.

Ich will morgen noch mal hin und sehen, ob er da steht, sagte sie. Ich verzog den Mund. Außerdem

hatte ich nach zu viel trockenem Rotwein Durst.
Noch lagen die zweiundachtzig Stufen vor uns.

Kaum hatten wir unser Zimmer erreicht, da verschwand sie im Bad. Dort blieb sie lange. Ich saß allein auf dem Balkon und las in meinem Roman. Da war ja noch die Sache mit meinem Vorstoß. Ich brauchte einen Cognac. Sie blieb und blieb im Badezimmer. Ich hörte die Dusche, das Wasser rauschte eine ganze Ewigkeit. Meine Güte, dachte ich, schmerzt ihre Haut plötzlich nicht mehr? Endlich kam sie im Bademantel herausspaziert. Die Likörflasche in der Hand. Sie hatte die Haare oben auf dem Kopf zusammengebunden. Ich musterte sie verstohlen. Ihr Profil wirkte fremd. Ausgeprägter. Härter. Ich starrte wieder auf mein Buch. Doch meine physischen Bedürfnisse lenkten mich ab, ich spürte sie bis in die Fingerspitzen. Ich wollte Lillian anfassen, wollte kneifen und drücken. Nach einer Weile hob ich die Arme und gähnte laut. Wir sollten uns wohl aufs Ohr legen, sagte ich. Es ist schon spät. Diese Sonne macht ja wirklich schrecklich müde. Und der Wind vom Atlantik.

Ja, sagte sie und nippte an ihrem Likör. Ihre Bewegungen waren weich und weiblich. Es war wunderbar. Und es gehört mir, dachte ich. Es war wirklich und wahrhaftig meine eigene Frau, die plötzlich auf ganz neue Weise verlockend wirkte.

Ich komm gleich, sagte sie vage. Muß mir nur noch die Zähne putzen.

Ich kroch unter die Decke. Dort lag ich und lauschte ihrem Glas, das in regelmäßigen Abständen auf die Tischplatte auftraf. Ich lauschte dem Rauschen des Meeres. Sie kam nicht. Ich war müde. Meine Augen fühlten sich an, als wären sie voller Sand. Ich wartete, drehte mich von einer Seite auf die andere. Zweimal schaute ich zu ihr hinaus, und einmal schaute sie zurück. Ich begriff, daß sie wartete. Und daß sie dort sitzen bleiben würde, bis ich eingeschlafen war.

Am nächsten Morgen dachte ich wie folgt: Von jetzt ab mache ich, was ich will. Das ist ein heiß ersehnter Urlaub, keine soll ihn mir ruinieren. Lillian schlief. Ich aß ein Stück Brot und spülte es mit Milch hinunter. Danach zog ich meine Badehose an und begab mich ins Erdgeschoß. Von der Rezeption aus führte eine Tür zum Schwimmbecken. Das Wasser war spiegelglatt. Es war um einiges kälter, als ich erwartet hatte, aber längst nicht so kalt wie das Meer. Langsam ließ ich mich hineinsinken. Dann durchquerte ich das Becken mit einigen schnellen Schwimmzügen. Es roch kaum nach Chlor. Ich schwamm zwei Bahnen, dann schaute ich mich um. Das Hotelpersonal war damit beschäftigt, aufzuräumen und alles mit dem Schlauch abzuspülen. Ein Mann kam aus der Rezeption und steuerte auf das Becken zu. Er nahm Anlauf und legte einen feschen Kopfsprung hin. Ich grüßte ihn kurz, ein Gruß unter Morgenschwimmern, und er erwiderte ihn. Er kraulte ein paar Bahnen, ohne einen Spritzer. Danach pausierte auch er.

Mir stand der Sinn nach einem kurzen Gespräch mit einem erwachsenen Menschen. Einem, der einen schönen Urlaub zu schätzen wußte, der nicht wegen jeder Kleinigkeit den Mut verlor. Ich fühlte mich ziemlich wohl, wie ich da so mit einem Arm am Beckenrand hing, in neuer Badehose mit Anker auf der Tasche.

Überaus erfrischend, so ein kleines Bad in Süßwasser, sagte ich leichthin. Meine freie Hand plätscherte im Wasser herum.

Der Mann lächelte höflich. Das ist ein Meerwasserbecken, teilte er mir mit. Auf norwegisch. Und dann kraulte er wieder los. Verblüfft starrte ich ins Wasser. Das konnte doch nicht stimmen. Am liebsten hätte ich sofort gekostet, um sicher zu sein, aber ich hatte Sorge, er könnte mich dabei beobachten. Es ärgerte mich auch, daß meine Ohrläppchen rot anliefen. Mit drei kräftigen Zügen erreichte ich die Treppe, die aus dem Becken führte. Ich blieb noch einen Augenblick am Rand stehen und reckte und streckte mich. Die Arme hoch in die Luft, einige rasche Beugungen nach rechts und nach links. Es konnte aussehen, als hätte ich eben eine lange Schwimmtour beendet und müsse einfach ein paar Lockerungsübungen folgen lassen. Schließlich nahm ich den Fahrstuhl in den dritten Stock. Lillian stand auf dem Balkon.

Das war ja eine gewaltige Trainingsrunde, sagte sie lachend.

Ich schaute sie verwirrt an.

Ich hab zugesehen, sagte sie. Sie schien sich amüsiert zu haben. Beleidigt ging ich ins Badezimmer und rieb meinen Körper mit einem Handtuch trocken. Ich fuhr mit einem Finger durch meine feuchten Nackenhaare und steckte ihn dann in den Mund. Doch, es war Salz. Ich hatte nicht übel Lust, Lillian eine Nummer kleiner zu machen. Ich war nie von der aggressiven Sorte gewesen, aber jetzt stieg dieser Drang unaufhaltsam in mir hoch.

Das Becken ist ungeheuer erfrischend, sagte ich. Du solltest auch mal baden.

Muß erst essen, sagte Lillian. Sie holte Brot und Butter hervor. Setzte sich auf den Balkon.

Sollen wir eine Bustour buchen? rief ich aus dem Wohnzimmer.

Lillian hörte auf zu kauen. Ihre Kiefer kamen zur Ruhe. Sie drehte sich halbwegs um. Bustour? Bei dieser Hitze?

Der Bus hat eine Klimaanlage, und es gibt eine norwegische Reiseleitung, erklärte ich. Er fährt zur Knochenkapelle in Faro. Das habe ich in einer Broschüre gelesen.

Zur Knochenkapelle? Neugierig geworden, drehte sie sich ganz um.

Das ist eine aus Skeletten errichtete Kapelle, sagte ich. So was haben wir in Norwegen nicht, Lillian. Ich würde gern mal ein echtes Skelett sehen.

Das wollte Lillian auch. Zu meiner Überraschung sagte sie ja. Mit entschlossener Miene starrte sie vor sich hin und sagte, also, von mir aus.

Ich war so wenig vorbereitet auf dieses Entgegenkommen, daß ich in wahren Feuereifer verfiel. Augenblicklich lief ich zur Rezeption hinunter und kaufte zwei Fahrkarten. Eckel, teilte ich dem Mann hinter dem Tresen mit. Eckel mit ck. Zwei Personen zur Knochenkapelle.

Der Bus fährt um elf, sagte er. Nehmen Sie Jacken mit. Mit bloßen Armen darf niemand die Kapelle betreten.

Ich freute mich wie ein Kind. Lillian war im Badezimmer, um sich zu schminken. Komm bloß nicht zu spät! rief ich. Ich will dich nicht holen müssen, während alle anderen im Bus warten. Aber Lillian war pünktlich. Sie sagte: Ich begreife ja nicht, was in dich gefahren ist. Sonst bist du doch nie so spontan. Sonst mußt du dir alles erst überlegen und dich ewig vorbereiten. Ich sagte, das liegt an der Sonne und der Wärme. Ich bin hier ein ganz anderer Mensch.

Ich wollte vorn sitzen, Lillian hinten. Es macht doch auch nichts, wenn wir getrennt sitzen, meinte sie.

Aber wir waren doch immer noch Mann und

Frau. Mir paßte das nicht, aber ich wollte im Bus keinen Streit anfangen. Also setzte ich mich nach vorn, gleich hinter den Fahrer, fest entschlossen, den Ausflug zu genießen. Die Landschaft zu genießen. Um das Hotel herum war alles üppig. Die Rasenflächen waren grün, sie wurden regelmäßig gewässert. Aber kaum hatten wir den Ort verlassen, herrschte die rotgelbe Wüstenfarbe vor. Ärmliche weiße Häuser. Wäscheleinen, streunende Hunde, alte Männer, die im Schatten von Bäumen schliefen. Zweimal drehte ich mich nach Lillian um. Ihre Wange ruhte an der Fensterscheibe, ihre Augen waren geschlossen. Ihr Mund stand halb offen, das Glas war beschlagen.

Die Fahrt dauerte eine Stunde, und die Kirche war unbeschreiblich. Sogar Lillian blieb unter der hohen Decke staunend stehen. Gold und Glitzer und überall Engel. Beichtstühle an den Wänden. Brennende weiße Kerzen. Deckenmalereien und Schnitzwerk. Aber die Skelette, dachte ich, wo sind die Skelette? Ich spähte mit zusammengekniffenen Augen in die dunklen Ecken, ich starrte zum Deckengewölbe hinauf, verzweifelt auf der Suche nach Schädeln und Knochen, aber ich konnte nichts entdecken.

Da trat unsere Fremdenführerin Lisa vor uns. Sie winkte, und wir bildeten einen Kreis um sie. Seht euch zuerst in der Kirche um, schlug sie vor. Die Knochenkapelle liegt dahinter, in einem kleinen

Garten. Folgt dem Pfeil dahinten an der Wand. Der Bus fährt in einer Stunde, dann geht's zum Mittagessen. Bitte kommt nicht zu spät, sagte sie abschließend. Taufrisch in ihrer blauen StarTour-Uniform.

Also versuchte ich, meine Neugier zu drosseln, ich sah mir Schnitzereien und Skulpturen an. Gemälde und Kruzifixe. Am Ende blieb ich stehen und schaute durch das Gitter in einen Beichtstuhl. Ich winkte Lillian zu mir.

Jetzt kannst du alles gestehen, sagte ich und zeigte in den Stuhl. Sie rümpfte die Nase.

Und was ist mit dir? fragte sie. Hast du nichts zu gestehen?

Noch nicht, erklärte ich und lächelte zufrieden.

Meine Sehnsucht nach den Skeletten nahm schließlich überhand. Ich folgte den Pfeilen. Durch lange, dunkle Gänge, durch dicke, knarrende Türen und endlich hinaus in einen blühenden Garten. Überraschend hell und heiß nach dem Aufenthalt in der kühlen Kirche. Auf den ersten Blick war ich zutiefst enttäuscht. Die Kapelle war so groß wie eine kleine Garage. Grauweiß und altersschwach. Der bogenförmige Eingang war von Schädeln umkränzt. Ich verlangte mir einen gewissen Ernst ab. Das ist eine Grabkammer, dachte ich, hier schlendert man nicht lässig umher. Man nimmt die Sonnenbrille ab, verlangsamt sein Tempo und lauscht der Ewigkeit. Man tritt mit

Würde und Ruhe auf. Lillian kam langsam hinter mir her. Alle Schädel sahen unterschiedlich aus. Sie waren klein oder groß, breit oder schmal, dunkel wie verfaultes Holz oder hell wie Kreide. Einige hatten noch einzelne Zähne. Andere waren unvollständig, so als habe jemand mit einer Axt auf sie eingeschlagen. Eine kurze Erklärung war auf deutsch, französisch und englisch ausgehängt. Tausendfünfhundert Skelette, teilte ich Lillian mit. Alle von Mönchen, die in der großen Kirche Dienst getan haben. Und das ist doch seltsam.

Lillian hätte jetzt fragen sollen, was hier seltsam sei, aber das tat sie nicht.

Es ist doch seltsam, wiederholte ich, so als hätte ich laut gedacht. Denn das, sagte ich und tippte einen Schädel mit dem Finger an, ist eine Frau.

Lillian schnaubte.

Woher willst du das denn wissen? fragte sie.

Das sieht man an der Schädelform, erläuterte ich. Am Stirnknochen. Der ist bei Frauen glatter und runder, und der Schädel ist um einiges kleiner.

Du bist ja nicht gerade ein Arzt, sagte Lillian.

Aber ich habe Bücher gelesen, erwiderte ich. Man braucht kein Mediziner zu sein, um etwas dermaßen Offenkundiges zu sehen.

Vorsichtig berührte ich einige Schädel mit den Fingerspitzen. Nicht gierig und grabschend wie Lillian, sondern andächtig. Du, dachte ich, hier bist du. Ich spüre dich ganz deutlich. Und du hast dir dein Leben lang nicht vorstellen können, daß irgendwann einmal Jonas Eckel vor dir stehen und dich sorgfältig untersuchen würde. In dieser Höhle, die »Orbita« genannt wird, saß einst dein Auge. Es ist verschwunden, und das, was du gesehen hast, existiert ebenfalls nicht mehr. Ich trat einige Schritte zurück und ließ mich von den vielen leeren Augenhöhlen betrachten. Es war ein Gefühl, als stünde man in einem stillen Schneefall. Einige lateinische Worte zogen sich unter der gewölbten Decke hin. Die Übersetzung stand auf einer weißen Tafel. Mit allem Pathos, das ich aufbringen konnte, deklamierte ich den Satz.

»Verharret eine Weile in Andacht, und gedenket dieses Schicksals, das uns alle trifft.«

Lillian schauderte. Ich will raus hier, sagte sie. Das ist doch widerlich.

Ich breitete die Hände aus und umarmte gewissermaßen alle Schädel.

Natürlich können wir rausgehen, sagte ich. In die Hitze, in die Sonne, zu den Menschen. Aber dem Tod können wir nicht entrinnen.

Warum sagst du das? fragte sie.

Ich lasse mich mitreißen, erklärte ich. Bei Fernreisen kommt es auch auf die Hingabe an. Man muß sich einfach in der Hitze hier unten treiben lassen. Die Sonne soll brennen. Der Wein soll strömen.

Lillian verdrehte die Augen. Du bist doch nicht richtig im Kopf, sagte sie.

Das Mittagessen war im Preis inbegriffen. Es bestand aus einer Pfanne mit Meeresfrüchten, serviert mit Reis und Gemüse. Cataplana, sagte ich fachmännisch. Es schmeckte würzig und salzig. Lillian rümpfte die Nase. Lillian sah aus wie ein beleidigtes Karnickel. Sie sagte, hier gibt's ja so gut wie nichts Eßbares. Nur Muscheln und Knochen und irgendwelches Grünzeug. Sie hielt sich an Weißbrot mit etwas Butter. Ich betrachtete sie über den Tisch hinweg. Versuchte, unter ihrer Haut den Schädel zu erahnen. Stellte mir vor, daß sie große Augenhöhlen hatte und daß unter der rosa Haut alles glatt und rund war. Mein eigener Schädel sah sicher ganz anders aus. Leider habe ich ein fliehendes Kinn, aber meine Wangenknochen sind breit und meine Stirn ist hoch. Ich hätte mich an der Wand der Knochenkapelle gut gemacht.

Der Ausflug hatte mir gutgetan. Auch Lillian kam mir zufriedener vor. Aber sie war froh, als es zurück ins Hotel ging. Sie stürzte sich auf den Kleiderschrank, sowie wir die Tür geöffnet hatten.

Wo willst du denn hin? fragte ich. Es ist erst vier. Zum Essen noch viel zu früh.

Weiß ich doch, sagte sie kurz. Ich suche mir nur was zum Anziehen heraus. Sie entschied sich für ein weißes Kleid mit Spitzenkante. Frauen, die sich feminin kleiden, habe ich immer gemocht, aber dieses Kleid sah eher aus wie ein Nachthemd. Allerdings sagte ich das nicht. Sie zog sich für den mechanischen Mann an, nicht für mich, das lag doch auf der Hand. Ihr Eifer galt nicht mir. Als sie fertig war, setzte sie sich mit einem Nachmittagslikör auf den Balkon. Ihr Blick wanderte verträumt über das Meer. Ab und zu fuhr sie sich mit der Zungenspitze über die Lippen. Das hatte ich bei ihr noch nie gesehen. Diese Zungenspitze, die immer wieder auftauchte, um dann zu verschwinden, störte mich. Ich sagte, ich würde gern kurz baden gehen. Kommst du mit? Sie war nicht interessiert. Ich sagte, sie würde sich für den Rest des Abends frischer und unternehmungslustiger fühlen, wenn sie auch kurz ins Wasser ginge. Da fing sie an, sich die Sache zu überlegen. Aber der Lärm der Kinder ging ihr auf die Nerven. Außerdem war sie eine schlechte Schwimmerin und wollte nicht gesehen werden. Da ist ohnehin kein Platz zum Schwimmen, sagte ich, du planschst einfach ein bißchen am Beckenrand. Fünf Minuten reichen.

Die spritzen so, maulte sie.

Das ist doch nur Wasser, sagte ich.

Ist es sehr gechlort? fragte sie.

Fast gar nicht, sagte ich.

Wie tief ist es denn? wollte sie wissen.

An der tiefsten Stelle zwei Meter, sagte ich, und an der Treppe einen. Na los.

Meine Beine brennen, jammerte sie, als sie die Treppe ins Wasser hinunterkletterte. Und meine Schultern auch, fügte sie hinzu. Sie blieb im seichten Teil des Beckens. Einige Kinder sprangen immer wieder vom Rand hinein, und sie wandte sich ab, um keine Spritzer ins Gesicht zu bekommen.

Frisch, was? fragte ich mit einem Lächeln und machte ein paar energische Schwimmzüge.

Immerhin bleibt mir der Sand erspart, sagte sie. Und Steine und Quallen.

Genau, sagte ich und ließ noch einige Züge folgen.

Aber besonders warm ist es ja nicht, klagte sie. Ich dachte, das Wasser hier im Becken wäre wärmer.

Es ist angenehm frisch, wiederholte ich und zog weiter meine Bahnen. Das ist doch belebend, oder nicht? Und wie das Wasser trägt!

Wenigstens keine Wellen, sagte sie und versuchte einige hastige Züge. Als sie jedoch nicht vorwärts kam, warf sie sich herum und hielt sich mit weißer Hand an der Treppe fest. So ließ sie sich hängen und bewegte langsam die Beine im Wasser. Rosa Beine mit roten Sonnenbrandflecken. Immer wieder zuckte sie zusammen, wenn ein Kind vom Rand sprang.

Hier zu baden ist in Ordnung, erklärte sie schließlich. Süßwasser ist besser als Meerwasser. Sauberer. Sie planschte ein wenig mit der Hand.

Das ist ein Meerwasserbecken, teilte ich ihr mit und lächelte überlegen, während ich lang ausgestreckt einige Züge schwamm. Sie starrte verdutzt auf das Wasser, als könne meine Behauptung einfach nicht zutreffen.

Meerwasser? fragte sie. Viele Löffel Salz können die aber nicht reingegeben haben.

Ich lachte bei der Vorstellung, daß der Bademeister Salz ins Becken streute, vielleicht morgens, ehe wir aufwachten.

Sie blieb nur kurz im Wasser. Dann kletterte sie die Treppe hinauf und zog ihren Bademantel an. Jetzt wollte sie aufs Zimmer und sich für den Abend zurechtmachen. Ich wartete geduldig auf dem Balkon. Endlich erschien Lillian in ihrem weißen Kleid. Ihre Haut war eingeölt und glänzte in der tiefstehenden Sonne. Ihr Lippenstift glänzte und war lachsrosa. Sie hatte jede Menge Wimperntusche aufgetragen. Langsam setzte sie sich in den freien Sessel und streifte ihre Sandalen ab.

Du hast Blasen auf den Schultern, kommentierte ich. Die könnten platzen. Du solltest Pflaster drüberkleben.

Sie wandte den Kopf, um sich die Sache anzusehen. Fuhr mit einem Finger über die Blasen. Die waren so groß wie Kronenstücke und von durchsichtig gelblicher Farbe.

Ich sehe Eiter, sagte ich. Du brauchst Pflaster, Lil-

lian. Sie schüttelte den Kopf. Ein paar Blasen auf
der Schulter spielten für sie doch keine Rolle.

Wir müssen gehen, sagte sie und stand auf. Es ist
zehn vor sechs.

Lillian steuerte den Sockel an in der Hoffnung,
daß der mechanische Mann schon dort sein würde.
Sie reckte den Hals und starrte die Straße entlang.
Vielleicht ist er nicht da, dachte ich, vielleicht wird
Lillian zu Eis erstarren. Aber er war zur Stelle. Um-
ringt von vielen begeisterten Zuschauern. Es war
faszinierend. Ob ich nun wollte oder nicht, auch
ich war verzaubert von dieser reglosen Gestalt. Er
funkelte metallisch in der Nachmittagssonne. Lillian drängte sich durch die Menschenmenge nach
vorn. Sie suchte bereits nach Münzen. Selbst jetzt,
nach mehreren Tagen, konnte sie die portugiesischen Münzen noch nicht auseinanderhalten. Sie
hob eine nach der anderen hoch, betrachtete sie
mit zusammengekniffenen Augen, dachte nach
und zählte.

Während Lillian noch zögerte, passierte etwas.
Ein junges Mädchen bahnte sich langsam einen
Weg durch die Menge. Sie war überaus zierlich
und sehr jung, vielleicht fünfzehn oder sechzehn.
Sie könnte ein Messer sein, dachte ich, denn vollkommen lautlos schnitt sie eine Schneise in die
dichte Masse aus verschwitzten Touristen. Sie trug
ein kurzes, blutrotes Kleid. Ihre Füße waren weiß

und nackt, ihre Haare kurz und blauschwarz. In der Hand hielt sie einen Geldschein. Dagegen wirkte die Münze in Lillians Hand sofort armselig. Die junge Frau ging nach vorn zum Sockel. Sie wollte den Geldschein nicht in den Hut legen, sondern den Mann zwingen, ihn selbst anzunehmen. Was für eine geniale Idee. Gespannt beobachtete ich, was geschah. Wie würde er die Sache angehen? Das Mädchen starrte ihn herausfordernd an. Und sein rechter Arm zuckte, seine Finger krümmten sich zu einer gierigen Kralle. Man konnte förmlich spüren, wie es in seinem Organismus tickte. Schließlich knickte er in der Mitte ab, und ein Lächeln zerriß die goldene Maske. Sein Blick richtete sich auf die junge Frau. Sie lächelte geheimnisvoll und musterte ihn unverhohlen. Nicht verzaubert wie wir anderen, sondern abschätzend in dem Bewußtsein, daß er sie brauchte. Er brauchte ihr Geld. Er war nur ein armer Wicht, der in seinem goldenen Kostüm schwitzte, sie dagegen war eine Touristin, die Geld besaß.

Lillian atmete schwer. Das junge Mädchen, das noch dazu viel schöner war als sie, hatte ihr ihren Auftritt ruiniert. Jetzt schoß die Kralle hervor und griff nach dem Geldschein. Ich war hingerissen, denn ich sah ihren spöttischen Gesichtsausdruck und dachte, jetzt preßt sie die Finger aufeinander, und er kann den Schein nicht losreißen, das wird ein wunderbarer Anblick sein. Wenn er sich anstrengen mußte, um sich das Geld zu krallen. Wenn er aus seiner Roboterrolle fallen mußte, um an diesen Geldschein zu kommen, auch wenn das seinem ganzen Wesen und seinem Stolz widersprach. Und genau das passierte. Sie schloß ihre schlanken Finger um den Schein. Er dagegen zog daran. Seine Miene blieb starr, es gab nicht die Andeutung eines Lächelns, sondern nur diese ruckhaften Roboterbewegungen. Ich fürchtete schon, der Geldschein könne zerreißen. Die portugiesischen Banknoten zeichnen sich nicht gerade durch hohe Papierqualität aus. Endlich ließ sie los. Sie hatte das Spiel satt. Er knickte noch weiter in der Mitte ein, wie eine Marionette, bei der plötzlich sämtliche Fäden gekappt werden, und ließ den Geldschein in den Hut fallen. Eine Weile blieb er so gekrümmt stehen, ehe er sich aufrichtete und seine Ausgangsposition wieder einnahm. Dann kam seine Hand hervor. Er wollte sich bedanken. Mit einer weichen Hand, weich vom Handgelenk her, als sei diese Hand mit ihrem goldenen Handschuh das einzig Lebendige an ihm. Der Rest seines Arms wirkte unverändert mechanisch. Sie reichte ihm ihre schmale weiße Hand, und er ergriff sie mit seinem Handschuh und küßte sie. Jetzt war er es, der spielen wollte. Er ließ ihre Hand nicht los. Sie versuchte, sie zurückzuziehen, aber das war nicht möglich. Er war natürlich stärker als sie. Sie lächelte, verlegen zunächst, aber das änderte sich rasch. Sie war keine Unschuld vom Lande, dieses Mädchen war schon mit Männern zusammengewesen, und zwar mehr als einmal, da hatte ich keinen Zweifel. Er hielt und hielt ihre Hand fest. Sie starrten einander an. In ihren Blicken, die wir alle sehen konnten, weil wir so dicht bei ihnen standen, lag gegenseitige Bewunderung. Ein kurzes Aufflackern, ein Funke. Dann warf sie den Kopf in den Nacken und wandte sich ab. Er begriff das Signal, zog seine Hand zurück und verwandelte sie wieder in Metall. Es kam einem Wunder gleich. Da stand er wieder in vollkommener Unbeweglichkeit.

Das Publikum zerstreute sich. Alle hatten ihre kleine Show gehabt. Nur Lillian blieb hilflos stehen. Die Münze in ihrer schweißnassen Faust. In ihrem weißen Spitzenkleid schien sie direkt aus dem Bett zu kommen, wie eine Schlafwandlerin, die sich in den Ort verirrt hatte. Irritiert starrte sie auf das Geld in ihrer Hand. Sie war verwirrt. Ich dachte, glaubst du wirklich, du seist die einzige, die den Blick dieses Mannes auffangen kann? Und sich einen Kuß kaufen? Er ist nun einmal käuflich. Ihr Eifer war verschwunden. Trotzdem ging sie auf ihren weißen Sandalen zu ihm hin, legte die Münze in den Hut und richtete sich ohne große Erwartung auf. Doch es passierte wieder. Sein Blick flammte auf, und eine Hand glitt von seinem Rumpf fort auf Lillians Hand zu. Sie ging ihm entgegen, schmolz förmlich, trat einen Schritt auf ihn und seine Goldhand zu. Er schüttelte den Kopf, hob ihre Hand und legte sie an seine Wange. Die Hand wirkte vor dem goldenen Gesicht seltsam hell. Lillian zitterte. Sie erhob sich auf Zehenspitzen, um ihn erreichen zu können, sie hatte sich in ein kleines Mädchen verwandelt, in ein bettelndes Kind, dem endlich Aufmerksamkeit zuteil wird. Und dann war es vorbei. Behutsam ließ er ihre Hand los. Auch das war seltsam. Sogar jetzt, wo seine Bewegungen weicher waren, wirkten sie mechanisch. Ich starrte an mir hinunter, an meinen Armen und Händen, und fragte mich, wie er das machte. Wie er es zu so viel Kontrolle über Muskeln und Nerven gebracht hatte. Training, befand ich. So einfach war das.

Lillian kam zu sich. Wo wollen wir essen? fragte sie. Ihre Wangen glühten, ihre Augen leuchteten. Ich habe einen Wahnsinnskohldampf. Wir gehen doch zu Sergio?

Ich regte eine kleine Abwechslung an. Es gab doch eine solche Auswahl. Indische und chinesische Lokale, Fischrestaurants und Pizzerias. Lillian aber wollte zu Sergio. Sie war erfüllt von einer neuen Energie. Sie, die niemals irgendeinen Willen zeigte, die sich nie entscheiden konnte, war plötzlich stur wie ein Stier. Ich hätte das nicht für möglich gehalten. Ich bin ja nicht eben schwach, aber hier hatte ich das Gefühl, gegen eine Mauer anzurennen.

Sergio, wiederholte sie und schaute mir in die Augen.

Ich gab auf. Weil ich Hunger hatte, aber auch, weil sie endlich zum Leben erwacht war. Sie bestellte sich ein gewaltiges Essen und jede Menge Rotwein. Sergio schwänzelte dienstbeflissen um uns herum. Lillian sagte, ich solle ihn nach dem Mann auf dem Sockel fragen. Wer er sei, woher er komme, solche Dinge. Ich schüttelte unwillig den Kopf. Sie sagte, natürlich weiß er das. Das ist eine kleine Stadt, der kommt bestimmt jedes Jahr hierher. Nun frag schon, Jonas!

Aber Sergio wußte nichts über den Mann auf dem Sockel. Lillian war enttäuscht. Sie schien ihm nicht ganz zu glauben. Wußte er wirklich nichts? Wen könnte ich denn fragen? erkundigte sie sich eifrig. Sergio erwähnte die Polizei, die doch regelmäßig durch die Straßen patrouillierte; außerdem, meinte er, müsse der Mann irgendeine Art von Lizenz haben, um dort stehen zu dürfen. Lillian lebte sofort auf. Kaum waren unsere Teller abgeräumt, wollte sie sich auf die Suche nach der Polizei machen. Ich dackelte hinterher. Und fühlte mich immer weniger wohl in meiner Haut.

Du mußt fragen, sagte sie, du kannst besser Englisch als ich.

Als ob ich das nicht gewußt hätte. Ich hielt Ausschau nach grauen Uniformen. Sie gingen immer paarweise, und in der Regel hielten sie sich auf dem Marktplatz etwas länger auf. Dort waren die meisten Menschen, dort gab es die meisten Kneipen, wenn etwas passierte, dann passierte es dort. Endlich kamen zwei mit kurzen, rhythmischen Schritten auf uns zu. Beeindruckend fesch und schneidig. Dicke Goldlitzen und funkelnde Knöpfe. Schußwaffen und Knüppel im Gürtel. Weiße Handschuhe, mit einer Klappe an der Schulter befestigt. Blanke Mützenschirme, schwarze Blicke. Es kam mir unmöglich vor, sie mit einer dermaßen naiven Frage zu belästigen. Lillian stieß mich in den Rükken, während ich nach englischen Wörtern suchte. Excuse me, begann ich. The mechanical man. Down there. Ich zeigte die Straße hinunter. Who is he?

Die Polizisten sahen mich mit ernster Miene an, höflich und korrekt. Der eine hob die Hand und zeigte in eine andere Richtung. Tourist office, antwortete er. Dann nickten sie kurz und schritten von dannen. Ich hatte nicht ganz begriffen, was er meinte. Lillian dagegen war schon auf dem Weg. Die Touristeninformation hatte geöffnet. Zwischen Museen, Tanzveranstaltungen und Fadogesang. The Golden Man. Lillian riß die Broschüre aus dem Regal und vertiefte sich mit kugelrunden Augen hinein. Dann schnappte sie sich zwei weitere Exemplare, steckte sie in ihre Handtasche und erklärte, daß sie jetzt etwas trinken wolle.

Warum hast du drei genommen? fragte ich.

Ach, nur für den Fall, daß sie eine verlor oder auf irgendeine andere Weise einbüßte. Wir setzten uns in die Vertigo Bar und bestellten Irish Coffee. Ich war plötzlich vollkommen erschöpft. Verspürte einen heftigen Druck im Hinterkopf. Ich fing an, die Stelle mit einer Hand zu massieren, während ich Lillian verstohlen musterte. Sie trank ihren Kaffee in winzig kleinen Schlucken. Dabei sah sie aus wie vom Wind aus weiter Ferne hergetragen. Ihre Augen leuchteten, ihr weißes Kleid hob sich glänzend von der Dunkelheit ab, die sich über die Stadt senkte. Sie sah jünger aus. Ihre sonnenrote Farbe wirkte jetzt golden. Sie streichelte ihr heißes Kaffeeglas. Sie hatte Sahne auf der Oberlippe. Ihre Mundhöhle war gefüllt mit süßem, heißem Kaffee. Ich hätte gern den Mund aufgerissen, um mich über den Tisch zu werfen und Lillian mit einem einzigen schlürfenden Bissen zu verschlingen. Der Druck in meinem Hinterkopf steigerte sich ins Unerträgliche.

Sie blieb mit ihrem Likör auf dem Balkon sitzen, hielt eine der Broschüren in der Hand. Auf dem Titelblatt war sein Bild, da stand er in all seiner Pracht auf dem Sockel. Der Text in der Broschüre gab Auskunft darüber, daß er in Frankreich geboren und aufgewachsen war. Seit zehn Jahren stand er Sommer für Sommer auf dem Sockel.

Er heißt Jean Pierre, sagte sie.

Natürlich heißt er so, sagte ich. Und sein Vater heißt Jean Claude. Und sein Bruder vermutlich Jean Michel.

Sie verzog ärgerlich den Mund.

Ich hatte mir schon gedacht, daß er Franzose war, allerdings hätte er auch Italiener sein können. Er war verhältnismäßig dünn und schmächtig. Und mehr konnte man durch die dicke Goldschicht nicht sehen. Er gehörte einer freien Theatergruppe an, die durch Europa tingelte, was mich nur in meiner Auffassung bestätigte, daß er kein bedeutender Schauspieler sein könne. Andernfalls hätte er doch ein Engagement an einem renommierten Theater gehabt. Die Kunst des Stillstehens hatte er perfektioniert, um sich finanziell über Wasser halten zu können. Das alles erklärte ich Lillian, aber sie hörte nicht zu. Sie saß da wie in Trance. Saß da wie der mechanische Mann, einfach als Dekoration. Ich zog eine Münze aus der Tasche und ließ sie in ihr Likörglas fallen. Vielleicht könnte das Lillian zum Leben erwecken. Aber es erfolgte so gut wie keine Reaktion. Ihr Blick hatte sich verschleiert. Ich glaube nicht, daß sie mich sah. Sie befand sich in einem anderen Universum. Sie hatte sich immer mit Kleidern und Schuhen und Schminke befaßt und dabei diese großen staunenden Augen gehabt. Hatte endlos vor dem Spiegel gestanden und gestarrt. Jetzt beschäftigte sie sich mit ganz anderen Dingen, jetzt war sie weit weg. Sie trank weiter, und jedes Mal, wenn sie das Glas an die Lippen hob, rutschte die Münze träge in dem dicken Likör herum. Ich gab auf. Ging mit meinem Roman zu Bett und fing an zu lesen. Sie saß auf dem Balkon und wartete. Möglicherweise würde sie bis zum Morgen warten, das ging mir nun auf, bloß um sich nicht neben ihren eigenen Mann legen zu müssen. Ich klappte das Buch zu und löschte die Lampe. Und richtig. Schon nach wenigen Minuten, als sie glaubte, ich schliefe, stand sie auf und ging ins Badezimmer. Dort blieb sie lange. Ich atmete so tief und gleichmäßig, wie ich nur konnte. Endlich hörte ich ihre Schritte und spürte das leise Nachgeben der Matratze, als sie sich neben mich sinken ließ. Danach war alles still.

Ich wartete, bis sie eingeschlafen war. Dann schob ich eine Hand unter die Decke. Ich fand den Weg zwischen ihre Schenkel, und prompt erwachte sie. Sie sah mich empört an. Kein Wort kam über ihre Lippen, sie rollte sich einfach zusammen und drehte sich energisch zur Seite. Ich beugte mich über sie und machte noch einen Versuch. Ziemlich bald stellte ich fest, um wie vieles ich stärker war als sie. Und das merkte auch Lillian. Sie krümmte sich noch weiter zusammen und zeigte sich unzugänglicher denn je. Da sie mir den Rücken zukehrte, versuchte ich es nun von hinten. Ich preßte die Hand zwischen ihre Schenkel, und sie fing an, wild zu strampeln und zu zappeln. Daß ein Mann seine Frau auf diese Weise berührt, ist doch ganz natürlich. Es erregte mich ein wenig, so heftig abgewiesen zu werden, so ohne ein einziges Wort. Deshalb wandte ich noch mehr Kraft an, worauf Lillian verzweifelt losstrampelte. Um ganz ehrlich zu sein, ich fand dieses Gestrampel überaus aufregend und verfügte plötzlich über mehr Kraft als je zuvor. Daß es so unmöglich sein könnte, zum Zuge zu kommen, hätte ich niemals gedacht. Ich legte eine Hand auf ihren Kopf und preßte ihn ins Kissen. Nun schien sie sich die Sache anders zu überlegen. Sie bewegte sich überhaupt nicht mehr, nur ihr Puls hämmerte, und ich dachte, besser, ich nutze die Gunst der Stunde, es steht ja nicht fest, daß sie noch lange stillhält. Eine Hand auf ihrem Gesicht, die andere zwischen ihren Beinen, holte ich mir gierig mein Recht. Wenn ich bei der Wahrheit bleiben soll, muß ich sagen, es ging rasch. Danach schnappte ich nur noch nach Luft, Lillian dagegen war stumm wie ein Fisch und tomatenrot im Gesicht. Sie riß das Laken an sich und zog die Knie bis unters Kinn. Lange herrschte Schweigen zwischen uns. Von draußen drang gedämpfte Musik zu uns herein, außerdem sangen die Grillen in der Juninacht. Allmählich wurde Lillians Atem ruhiger.

So geht es, sagte ich in die Dunkelheit.

Es kam keine Antwort.

Du darfst dich nicht so verschließen, sagte ich, du hast gefälligst offen zu sein.

Noch immer Schweigen.

Was hattest du eigentlich erwartet? fuhr ich fort. Du willst es ja nicht anders.

Ich stand auf und machte ein paar Schritte durch das Zimmer.

Hier stehe ich und sehe dich an, verkündete ich. Du siehst aus wie ein schmollendes Kind.

Unter dem Laken rührte sich nichts.

Ich bleibe jetzt hier stehen, bis ich wieder Lust bekomme, teilte ich mit. Und dann hast du dich als kooperativ zu erweisen. Ich habe einiges nachzuholen.

Lillian unter dem Laken sah aus wie eine Skulptur, so unbeweglich lag sie da.

Schon spüre ich, wie die Lust sich wieder einstellt, sagte ich und schaute an mir hinunter. Es ist für einen Mann nicht gut, monatelang leer auszugehen. Dann staut sich einfach alles auf, das mußt du doch einsehen.

Ich ging zurück zum Bett und stupste ihre Schulter an.

Fing an, das Laken wegzuziehen. Ein krampfhaftes Schluchzen war zu hören. Plötzlich sprang sie auf. Gleich darauf war sie auf dem Balkon, noch immer in das Laken gewickelt. Sie beugte sich weit über das Geländer wie eine, die versucht, vor einem Brand zu flüchten.

Der Morgen kommt, ob man das nun will oder nicht. Ich erwachte, und sofort fiel mir alles wieder ein. Lillian hatte mir den Rücken zugekehrt, das Laken eng um den Leib gewickelt. Sie sah aus wie eine Mumie. Mir gefiel die Stille nicht. Lillian hatte sich vollständig eingekapselt. Sie würde mir nicht mehr antworten, mir keine Vorwürfe machen, was vorgefallen war, nicht gegen mich verwenden, nein, sie würde mich langsam durch eiskaltes Schweigen zu Tode quälen. Ich blieb einfach liegen. Endlich stand sie auf und ging durch das Zimmer. Sie bewegte sich steif und übertrieben langsam, als habe sie Schmerzen. Ich wäre froh gewesen, wenn sie geflucht hätte, wenn sie mit den Türen geknallt oder wütend geschrien hätte, aber sie blieb stumm. Als im Badezimmer das Wasser sprudelte und floß, ging ich auf den Balkon, verschränkte die Hände im Rücken und lauschte. Jetzt schrubbt sie mich weg, dachte ich. Ich hegte den starken Verdacht, daß sie mich genau dahin gebracht hatte, wo sie mich haben wollte. Das Ganze kam mir vor wie von langer Hand geplant.

Nach fast einer Stunde tauchte sie auf. Sie wirkte wie von einem unsichtbaren elektrischen Schutzschild umgeben. Es war absolut unmöglich, sich ihr zu nähern. Dermaßen unzugänglich war sie noch nie gewesen, aber das war es, was sie die ganze Zeit gewollt hatte. Sie packte ihre Tasche und ging zur Tür. Ich fragte: Wo willst du hin? Sie sagte: In die Stadt. Ich will einkaufen. Ich habe noch Geld, und das will ich ausgeben.

Ich folgte ihr. Ging wie ein Schatten an ihrer linken Seite. Sie stieg mit raschen, harten Schritten die zweiundachtzig Treppenstufen hinunter, ich eilte hinterher. Sie gab vor, mich nicht zu sehen, forderte mich aber auch nicht auf, sie in Ruhe zu lassen. Also heftete ich mich an ihre Fersen. Ich war immer dicht hinter ihr, ich ging ihr durch meine bloße Anwesenheit auf die Nerven, und das gefiel mir. Ich bin dein Schatten, dachte ich, und den wirst du niemals los. Wir landeten in einem Straßencafé. Ich sah sie über den Tisch hinweg an. Um ihre Augen, da wo sonst die Sonnenbrille saß, war die Haut weiß. Jeden Abend, ehe wir zum Essen zu Sergio gingen, hatte sie diese Blässe mit Tönungscreme übertüncht. Ich bestellte zwei Bier. Dann saßen wir in unseren getrennten Welten und schauten uns die vorüberschlendernden Menschen an. Viele sprachen englisch oder niederländisch. Ab und zu war auch Französisch zu hören, ansonsten gab es viele Norweger und Schweden. Ich dachte an den mechanischen Mann. Als er selbst wanderte auch er durch die Straßen. Blaß und schmal vermutlich und vollkommen anonym. Absolut kein Augenschmaus. Diese Gedanken teilte ich Lillian mit. Sie warf mir einen kühlen Blick zu. Es lag auf der Hand, daß sie ihn nicht so sehen wollte, wie er wirklich war. Er war aus Gold, und so wollte sie ihn in Erinnerung behalten. Ich trank mein Bier. So weit, wie ich überhaupt in die Zukunft blicken konnte, vermochte ich kein Glück zu entdecken. Keine besonderen Ereignisse, keine Überraschungen. Nur Lillian mit diesem fernen Blick. Wir beide beim Essen, getrennt durch eine unsichtbare Wand. Lillian mit dem Rücken zu mir, die Arme wie einen Riegel um ihren Körper gelegt. Ich musterte sie über den Rand meines Glases hinweg. Wo mochte sie mit ihren Gedanken sein? Dachte sie überhaupt über den Stand der Dinge nach? Überlegte sie, was sie anziehen wollte, ehe wir am Abend die Treppe zum Zentrum hinunterstiegen? Was sie tragen wollte, wenn sie, mit einem Geldschein in der Hand, andächtig vor den Sockel trat? Bilde dir bloß nicht ein, daß er dich sieht, sagte ich, du bist eine Einkommensquelle für ihn, mehr nicht. Im tiefsten Herzen war ihr das sicher bewußt, aber sie wollte es wohl nicht wahrhaben. Mit seiner Hilfe hatte sie sich einen Traum erschaffen, und in diesem Traum schwebte sie nun. Er hatte sie gesehen, mitten in der Menge. Eine sonnenverbrannte Frau mit ausgestreckter Hand. Sein Blick hatte aufgelodert, eine sorgfältig eingeübte Illusion, die er voll und ganz beherrschte, und sie hatte sich wie ein neuer Mensch gefühlt. Als stehe auch sie unter einer Dusche aus Goldstaub und könne von da aus vergoldet weitergehen. Was fasziniert sie daran nur so? überlegte ich. Daß sie ihn ein- und ausschalten kann? Daß sie die Kontrolle hat?

Und dann rief ich: Da! Und streckte einen zitternden Finger aus. Der mechanische Mann. Da kommt er!

Lillian starrte in die Richtung, in die ich zeigte. Dort herrschte ziemliches Gewühl, und Lillians Kopf bewegte sich auf der Suche nach dem einen hektisch hin und her.

Er trägt eine Khakihose und ein rotes Hemd, sagte ich. Braune Sandalen. Jetzt steht er vor dem Schmuckstand. Schaut sich die Auslage an. Plaudert mit der Verkäuferin. Jetzt kratzt er sich im Nacken.

Lillian starrte und starrte.

Nein, sagte sie.

Doch, sagte ich. Der ist ja vielleicht klein! Wenn er nicht auf dem Sockel steht, meine ich. Das ist doch ein absoluter Hänfling.

Lillian schüttelte heftig den Kopf. Griff demonstrativ nach dem Glas und trank einige große Schlucke. Ich ließ den Mann nicht aus den Augen. Er ging jetzt weiter in Richtung Strand, vorbei an den vielen Buden. Es war deutlich zu sehen, daß er kein Tourist war. Diese Stadt, diese Straßen waren, für einige kurze Wochen, sein Arbeitsplatz.

Soll ich ihn rufen? zog ich sie auf. Soll ich Jean Pierre rufen?

Lillian kratzte mit den Fingernägeln über die Papierdecke.

Das war er nicht, flüsterte sie.

Doch, sagte ich stur. Ich habe sein Gesicht erkannt. Dafür habe ich einen guten Blick.

Sie stieß eine Art Pfiff aus. Ansonsten blieb sie stumm.

Ein langes Schweigen folgte.

Kommst du mit nach Hause? fragte ich unvermittelt. Es rutschte mir einfach so heraus. Ich blickte sie lange an.

Nach Hause? fragte sie zerstreut. Wie meinst du das?

Nach Hause, nach Kolsås, sagte ich, während ich mein Glas hin und her drehte. Das Bier schwappte über. Lillians Gesicht war geschwollen, das fiel mir erst jetzt auf, vor allem um die Augen.

Unser Urlaub ist bald zu Ende, sagte ich jetzt. Kommst du mit nach Hause nach Kolsås?

Sie schaute mich für einige kurze Sekunden an.

Wo sollte ich denn sonst hingehen? fragte sie hoffnungslos.

Zugleich lag ein leises Funkeln in ihren grünen Augen. Vielleicht erkannte sie, daß sie zu nichts gezwungen war. Daß sie ihr Schicksal selbst in die Hand nehmen konnte. Ihr Blick suchte die Straße ab, aufwärts und abwärts, bis hinunter zum Meer, das von hier aus als blaues Band hinter dem roten Sand zu sehen war. Sie begann zu zittern, ihre Wangen röteten sich. Aus der Eiseskälte war sie innerhalb weniger Sekunden zum Siedepunkt hochge-

207

schossen. Ein schlafender Vulkan, dachte ich. Ob sie jetzt aufspringen und zuschlagen würde? Würde sie davonlaufen? Auf ihren hohen Absätzen durch die Straßen taumeln und schlingern? Wie ein Vogel hinaus in die Wellen flattern? Ihr Zittern wollte sich nicht legen. Plötzlich schlang sie die Arme um den Körper und drückte zu. Sie war wie ein einziger großer Knoten, so wie ich es aus meiner Kindheit kannte, wenn ich nach vielen Stunden im Schnee nach Hause kam und meine Schnürsenkel, von Eis überzogen, sich nicht lösen ließen. Meine Frau steckt fest, dachte ich. Kann irgendwer ihr zu Hilfe kommen? Irgendwie mußte ich sie ins Hotel bringen. Plötzlich tauchte etwas Schwarzes vor mir auf. Es war der Kellner. Er wollte für das Bier kassieren. Meine Hand fand den Weg in die Hosentasche, meine Finger suchten Münzen zusammen und legten sie auf den Tisch. Der Kellner vermied es, Lillian anzusehen.

Komm, sagte ich. Aber sie rührte sich nicht. Ich mußte sie anstupsen. Ich stand auf und ging zu ihr hinüber. Stupste sie mehrere Male an. Die Leute an den anderen Tischen fingen an zu gaffen. Lillians Körper reagierte nur schwach auf das Gestupse, deshalb beugte ich mich über sie und fauchte ihr ins Ohr: Die Leute glotzen schon! Die glotzen von allen Seiten!

Plötzlich fuhr sie zusammen, sprang auf und rannte auf die Straße hinaus. Ich lief hinterher.

Ihre Füße in den Sandalen schlitterten über den Asphalt, die Handtasche baumelte wütend über ihrem Arm. Sie bahnte sich einen Weg durch die Menschenmenge, rempelte andere an, stolperte, jagte in einem irrwitzigen Tempo dahin. Mit offenen Wunden auf den Schultern. Die Treppe zum Hotel hinauf, schneller denn je, ihre Lungen leisteten Schwerstarbeit, ihr Schweiß strömte nur so, meiner auch, ich hatte Mühe, überhaupt mit ihr Schritt zu halten, wollte ihr aber auch keinen Vorsprung lassen, also hängte ich mich an ihre Fersen, blieb dicht hinter ihr, starrte auf ihren Rücken, den Rücken meiner Frau Lillian mit all ihren Launen. Sie ließ sich sofort aufs Bett fallen. Und sagte, sie wolle schlafen.

Abends gingen wir essen. Der mechanische Mann war wieder auf Posten. Ich hatte das Gefühl, mit einer Puppe umherzuwandern. Nur vor dem Sockel erwachte Lillian zum Leben, ihre Augen glänzten vor Begeisterung. Ich dachte, wenn sie könnte, würde sie sich hier vor dem Sockel auf den Boden setzen und stundenlang ausharren. Die Zeit lief uns davon. Wir mußten wieder nach Hause fahren. Und vor dem Einkaufszentrum in Kolsås stand kein goldener Mann, der Lillian die Hand küssen würde.

Am nächsten Tag fing ich an zu packen. Am darauf folgenden Morgen mußten wir abreisen. Lil-

lian schien keine Hand rühren zu wollen. Sie saß
auf dem Balkon. In ihrem weißen Kleid wie für
eine Hochzeit geschmückt, mit glühenden Wangen. Der letzte Abend. Ich weiß nicht, woran sie
dachte. Ob sie daran dachte, daß sie den mechanischen Mann zum letzten Mal sehen würde. Ich
faltete Hemden und rollte Socken auf. Stopfte alles
in den Koffer. Lillian hatte allerlei eingekauft. Ich
sagte, das bringst du nicht alles unter. Du brauchst
noch eine Tasche. Sie nickte vage. Ich versuchte
nicht weiter, Kontakt zu ihr zu erhalten, sondern
stieg selbst die Treppe in die Stadt hinunter. Kaufte
für Lillians viele Souvenirs eine Tasche aus dün-
nem Nylon mit verstärktem Boden. Und kletterte
die vielen Stufen wieder hoch. Überall lagen Hun-
deexkremente, abgenagte Fischgräten und anderer Abfall. Das Zeug stank in der Hitze. Ich trat auf
den Balkon und reichte ihr die Tasche. Endlich erhob sie sich und verschwand im Badezimmer. Zwischen uns sollten wohl keine Worte mehr fallen.
Ich fühlte mich schwer, wie zu Boden gedrückt,
mein Kopf schmerzte, und mein ganzer Körper
brannte vor Sonnenhitze. Die fremde Kost bekam
mir ebensowenig wie dieser Zustand, in den wir
hier geraten waren. Es erschien mir unmöglich,
nach Kolsås zurückzukehren, als sei nichts passiert.
Schweigend mein Leben mit Lillian fortzusetzen.
Zu Arvid und Steinar ins Lager zu gehen. Servietten und Kerzen auszupacken, Toaster und Waffel-

eisen. Alles in die Regale zu stellen. Nachzufüllen, wieder und wieder. Und dann nach Hause zu gehen in eine Grabkammer. So dachte ich. Die Zimmer in Kolsås waren tot. So wie ich sie in Gedanken vor mir sah, war ich sicher, daß sich innerhalb der einen Woche eine dicke Staubschicht über alles gelegt hatte. Natürlich wußte ich, daß in einer Woche keine so dicke Staubschicht entsteht, aber ich sah es deutlich vor mir. Die matten Fensterscheiben erlaubten keinen richtigen Durchblick mehr. Der Verkehr draußen war nicht mehr zu hören, denn wir waren eingesperrt und hatten keinen Zugang zum Rest der Welt. Waren nicht mehr dabei, anders als früher. Ich würde nachts wach liegen und Lillians Rücken anstarren. Sie wollte weg von mir, verschwand aber nicht. Das begriff ich nicht. Warum kehrte sie Tag für Tag in die Wohnung zurück, wenn sie das doch gar nicht wollte? Warum riß sie sich nicht los?

Ich ging nach unten zum Meerwasserbecken und stieg hinein. Das ist das letzte Mal, dachte ich, daß ich in diesem Becken schwimme. Alles ist das letzte Mal. Danach goß ich mir eine Tasse Kaffee auf. Ich hätte gern in meinem Roman gelesen, aber es waren nur noch wenige Seiten, und die wollte ich mir für den Abend aufsparen. Das Ende war noch offen, aber ich ahnte eine Katastrophe. In meinen Augen war sie unvermeidlich.

Ich trank meinen Kaffee und starrte hinaus aufs

Meer. Schwer rollten die Wellen auf den Strand.
Die Flut näherte sich dem Höhepunkt, am Strand
war kaum ein Mensch zu sehen. Im Hintergrund
hörte ich Lillian hin und her laufen. Sie gab sich
alle Mühe, unsichtbar zu sein. Ich hörte, wie sie
über den Steinboden schlich. Ich sollte keinerlei
Zugang zu ihr haben. Mir kam in den Sinn, daß ihr
etwas fehlte. In ihr gab es keinen Motor, nichts, das
sie vorwärtsbrachte. Sie ließ sich einfach treiben.
Sie schwebte, sie sank und verschwand. Apathisch
glitt sie über den Boden. Aber irgendwann in
ihrem Leben war sie über den Boden geschritten
und hatte mit mir spielen wollen. An jenem Tag im
Lager. Ich hatte die Gelegenheit beim Schopf ergriffen. Welcher Mann hätte das nicht getan? Ich
hatte sie aufgesucht, ich hatte ihre Wohnung betreten, immerhin hatte sie mir die Tür geöffnet.
Und jetzt wollte sie nicht mehr. Sie hätte doch gehen können. Warum sah sie mich so vorwurfsvoll
an? Warum übernahm sie nicht die Verantwortung
für ihr Leben?

Lillians Plastiksandalen weiteten sich in der Hitze
aus. Nach fünf Minuten auf dem heißen Asphalt
waren alle Riemen aufgeweicht und die Schuhe
zu groß. Ihre schweißnassen Füße rutschten darin
herum. Wir stiegen die zweiundachtzig Stufen hinunter. Sie stützte sich auf das Geländer. Zum letzten Mal würde sie den mechanischen Mann sehen.

Deshalb ging sie langsamer als sonst, sie wollte den Augenblick hinauszögern. In der Hand hielt sie einen Geldschein. Sie hatte ihn zu einem harten Viereck zusammengefaltet, das schon jetzt von Schweiß durchtränkt war. Der wird sich auflösen, dachte ich, das Papier taugt doch nichts. Auf dem Marktplatz spielte ein Jazzmusiker Saxophon. Sie blieb stehen und wollte zuhören, aber ich weiß, daß sie Jazz überhaupt nicht leiden konnte. Mir geht das auch nicht anders. Jazz ist so strukturlos.

Ich folgte ihr wie ein Schatten. In der Stadt wimmelte es nur so von Leuten, die an den Buden einkaufen wollten. Geblümte Schals, Schmuck und Handtaschen. Billige T-Shirts. Lillian blieb stehen und öffnete ihre Handtasche. Ein Mann verkaufte allerlei Stofftiere. Graue und braune und schwarze Stofftiere, alle gefüllt mit feinem Sand. Sie waren biegsam und seltsam lebendig. Lillian hob ein Tier nach dem anderen auf. Es gab Echsen, Schlangen und Kröten. Am Ende nahm sie einen Frosch und wiegte ihn in der Hand.

Küß ihn doch, sagte ich spontan. Vielleicht passiert ja etwas Spannendes.

Sie gab keine Antwort, sie klemmte sich den Frosch unter den Arm und zog ihr Portemonnaie hervor. Die ganze Zeit über ballte sie ihre Faust um den zusammengefalteten Geldschein. Schließlich ging sie weiter in Richtung Sockel. Die Handtasche pendelte über ihrer Hüfte. Ich hielt Ausschau nach der Menge Schaulustiger, aber die war nicht da. Lillian ging weiter. Ich dachte, sie sieht, daß etwas nicht stimmt, sie sieht, daß ein gleichmäßiger Strom von Menschen durch die Straße zieht, daß niemand vor dem Sockel steht wie sonst um diese Zeit. Doch sie ging unbeirrt weiter, ihre Plastiksandalen klapperten über den Asphalt. Er war nicht da. Sogar der Sockel war verschwunden. Nun blieb sie stehen. Ließ die Arme sinken. Der Frosch baumelte in ihrer Hand.

Er ist weg, sagte ich. Ich freute mich nicht darüber, wirklich nicht. Aber sie mußte doch begreifen, daß er nicht in alle Ewigkeit dort stehen würde. Lillian war wie versteinert. Ich sagte: Laß uns essen gehen. Jean Pierre ist verschwunden, und du kannst nichts daran ändern. Ich will heute Krebs essen, fügte ich hinzu, das ist unser letzter Abend. Komm schon, Lillian, gehen wir.

Aber sie rührte sich nicht. Sie stand wie vor einem Abgrund. Ein kleiner Stups, dachte ich, und schon stürzt sie ab.

Du kannst nicht hier stehen bleiben, bis es Nacht wird, sagte ich.

Schließlich setzte sie sich, unendlich langsam, in Bewegung. Alles in ihr schien verhärtet. Ihre Finger umklammerten den Frosch, bis ihm der Sand aus dem Kopf quoll. Ich ging einfach weiter, ich wollte sie nicht anschauen, ich war unterwegs zu Sergio, ich wollte Krebs. Ich wollte Wein. Ich wollte weg aus dieser heißen Stadt, ich wollte nach Hause und zu Arvid und Steinar in das kühle Lager. Wollte Kartons öffnen und Waren mit Preisen versehen, wollte sie in die Regale stellen. Immer wieder neue Waren. Plötzlich kam das Lager mir verlockend vor. Sicher und vertraut und dunkel. Nicht heiß und flirrend wie dieser Ort mit seinem heißen Asphalt. Lillian saß stumm am Tisch. Sie schob das Essen auf ihrem Teller hin und her, nahm aber keinen Bissen zu sich. Sie trank viel Wein. Ich unterhielt mich mit Sergio. Er wollte wissen, ob wir wiederkommen würden, und ich sagte, ja, aber sicher doch. Vielleicht nächsten Sommer. Bei einem Glas Wein ist es so leicht zu lügen. Die Worte kullerten, genau die, die er hören wollte. Es war kein Gespräch. Es war ein kleines Geplänkel unter Männern. Lillian blieb stumm. Sergio sagte, sie ist traurig. Sie will nicht nach Hause. Er versuchte, ihr ein Lächeln zu entlocken, er wußte es eben nicht besser.

Ich suchte die notwendigen Papiere heraus. Flugtickets und Pässe. Am nächsten Morgen sollte alles griffbereit sein. Lillian saß auf dem Balkon und trank. Der Frosch lag neben ihr auf dem Tisch, zusammen mit dem Geldschein. Den sie Jean Pierre hatte geben wollen. Ich lief leise hin und her und räumte auf. Klaubte Flaschen und anderen Abfall zusammen. Leerte den Kühlschrank, in dem noch

einige Käserinden und Wurstzipfel gelegen hatten.
Lillian half mir nicht. Lillian war tief unten in einer
Wasserrinne, sie trat verzweifelt Wasser und kam
einfach nicht an Land. Als ich mit dem Räumen
fertig war, legte ich mich zum Lesen aufs Bett. Es
waren ja nur noch ein paar Seiten. Ich schaute hinaus auf den Balkon, auf Lillians weißen Nacken.
Ihre Hand hob das Glas vom Tisch und stellte es
wieder hin. Mechanisch.

Willst du die ganze Nacht da sitzen? rief ich.

Sie gab keine Antwort.

Wir müssen früh raus. Das ist dir doch bewußt?

Noch immer keine Antwort.

Ich werd dich jedenfalls nicht tragen, sagte ich.
Soll ich einen Rollstuhl bestellen?

Die Lage war hoffnungslos. Ohne ein einziges
Wort schaffte sie es, mich zu verhöhnen. Sie trank
jetzt seit Stunden. Vermutlich würde sie so sitzen
bleiben, bis sie aus dem Sessel rutschte und auf
dem Boden einschlief. Ich stand wieder auf. Zog
mich an und trat hinaus auf den Balkon. Meine
Nähe, die Hand, die ich vorsichtig auf ihre Schulter legte, riefen keinerlei Reaktion hervor.

Aus dem benachbarten Hotel wehte leise Musik
herüber.

Endlich stemmte sie sich hoch. Ging schwan-
kend ins Zimmer und steuerte auf die Tür zu.

Wo willst du denn jetzt hin? rief ich, schob meine
Füße in die Sandalen und trottete hinterher. Der

216

Gang war dunkel und leer, die Rezeption geschlossen. Die Dunkelheit draußen war undurchdringlich, es war kühl. Lillian bewegte sich wie eine Schlafwandlerin, während ich hinterherkeuchte, um sie aufzuhalten. Ich hatte Angst, sie könne stürzen und liegenbleiben. Sie zurückzutragen erschien mir unmöglich. Doch sie stürzte nicht, sie torkelte weiter. Auf den Straßen war kein Mensch zu sehen, nicht einmal eine Katze, aber ich stellte mir vor, daß sie in den Hinterhöfen lauerten, auf der Jagd nach Nahrung.

Lillian taumelte auf den Strand zu. Die ganze Zeit redete ich auf sie ein. Ich sagte: Es ist mitten in der Nacht. Wir müssen früh aufstehen, wenn wir das Flugzeug nicht verpassen wollen. Kannst du dich nicht zusammenreißen? Es war mühsam, durch den Sand zu gehen. Lillian zitterte, sie schien zu frieren. Ab und zu hörte ich ihren Schluckauf. Trotzdem ging sie weiter. Meine Sandalen hatten sich mit Sand gefüllt. Ich nahm alles überdeutlich wahr. Den Geruch des Meeres, den groben Sand. Das kühle Atmen der Wassermassen. Am Ende hatten wir den Steg erreicht. Ich starrte zum Mond hinauf. Er leuchtete mit bescheidenem Glanz. Lillians Gesicht war leichenblaß. Endlich kam sie zur Ruhe. Das schwarze Meer und der leuchtende Mond schlugen auch mich in Bann. Und der Anblick von Lillian in ihrem weißen Kleid, ganz am Ende des Steges.

Ist das nicht wunderschön? fragte ich. Ist das nicht erfrischend?

Ihr Schluckauf kehrte zurück, und sie wankte ein wenig. Drehte sich langsam um und blickte zu mir herüber. Ihre Augen gaben sich alle Mühe, klar zu sehen, und schließlich entdeckte sie mich, sah mich an wie zum allerersten Mal. Dann ließ sie ihren Blick zu meinen Händen wandern.

Jetzt machst du es wieder, sagte sie.

Was denn? fragte ich.

Du spreizt die Finger.

Ich ballte die Fäuste und starrte die feuchten Bretter an. Lillian ließ mich nicht aus den Augen. Musterte mich, Zentimeter für Zentimeter. Bis sie bei meinen Füßen angekommen war.

Solche Jesussandalen sind scheußlich, sagte sie.

Mein Denken setzte aus. Meine Hände schossen vor und trafen ihre Schultern. Sie fiel hinaus in die Dunkelheit. Flatternd und schwerfällig wie eine Elster mit gebrochenen Flügeln. In Spitzenkleid und Plastiksandalen. Erschrocken blieb ich stehen und schaute ihr hinterher. Sie sank sehr schnell. Eine neue Welle rollte heran, und schon war nichts mehr zu sehen. Ich wandte mich ab und ging zurück an den Strand. Pflügte durch den Sand. Ballte die Faust um die Schlüsselkarte. Starrte meine Hände an. Öffnete sie und schloß sie wieder. Konnte es sein, daß sie ihr eigenes Leben lebten? Ich verschränkte sie hinter dem Rücken, ich bohrte sie in die Taschen. Immer wieder wollten sie sich losreißen, wollten hinaus in die Dunkelheit und wild gestikulieren, aber ich fing sie jedesmal ein. Ich schlug die Arme übereinander. Betraute sie mit Aufgaben, hieß sie Dinge tun, zu denen Hände normalerweise benutzt werden. Ich zog die Riemen meiner Sandalen fester, ich strich mir die Haare aus der Stirn. Auf der Treppe zum Hotel zog ich mich mit Hilfe meiner Hände hoch. Ich schlich mich an der leeren Rezeption vorbei. Endlich stand ich auf dem Balkon. Das Meer war von dem, was passiert war, gänzlich unberührt. Es rollte rhythmisch zum Strand, und jede Welle brachte Tangdolden mit. Die Flasche und ihr Glas standen noch auf dem Tisch. Mein Blick fiel auf den zusammengefalteten Geldschein, und ich strich ihn glatt. Hielt inne und starrte ihn verwundert an. Lillian hatte etwas darauf geschrieben.

Jonas Eckel ist nicht ganz so, wie er sein sollte.

Ich begann zu zittern. Nicht ganz so, wie er sein sollte? Mir kam das alles vor wie ein Traum. Lillian am Rand des Steges. Das plötzliche Zucken meines Körpers. Das werde ich niemals erklären können, dachte ich. Niemand könnte das verstehen.

Sie wurde früh am nächsten Morgen von Fischern gefunden. Ich hätte weinen müssen, mir die Haare raufen, aber ich empfand nichts. Ja, sagte ich nur. Das ist Lillian. Meine Frau.

Die Vernehmung dauerte vier Stunden. Die Polizisten stellten ungeheuer viele Fragen. Sie sprachen auch mit anderen, mit Hotelangestellten und anderen Gästen. Mit Sergio, bei dem wir jeden Abend gegessen hatten. Er ließ mich nicht im Stich. Er konnte sich erinnern, daß Lillian an jenem Abend so stumm am Tisch gesessen und ihr Essen auf dem Teller herumgeschoben hatte.

Ich bin früh zu Bett gegangen, sagte ich. Sie hat wohl gar nicht geschlafen. Ihr Bett kommt mir unberührt vor. Ich habe sie nicht gehen hören. Sie war sehr deprimiert. Sie hatte Alkoholprobleme. Große, fügte ich hinzu. In der letzten Zeit hatte sie stark abgenommen. Sie hatte keinen Kontakt zu anderen Menschen. Sicher steckte sie in einer Krise.

Die Polizisten hörten zu und machten sich Notizen. Wechselten Blicke und nickten. Später halfen sie mir, die notwendigen Anrufe zu erledigen.

Seither sind viele Monate vergangen. Ich komme ganz gut zurecht. Aber der Druck im Hinterkopf macht mir oft zu schaffen. Er hemmt die Blutzufuhr zum Gehirn, und davon wird mir entsetzlich schwindlig. Das kommt mir durchaus nicht gelegen, gerade jetzt, wo ich doch klar im Kopf sein muß. In jeder Lage, zu jeder Tageszeit. Jedes Mal, wenn das Telefon klingelt, jedes Mal, wenn jemand fragt. Nach meiner verstorbenen Frau Lillian. Bei mir hat immer Ordnung geherrscht, ich hatte immer den Überblick. Aber nun habe ich Ohrensausen. Jetzt ist es dunkel geworden. Nachts ist es immer am schlimmsten. Wenn der Atlantik sich aufbäumt und wie eine Wand vor dem Fenster steht. Dann kommt Lillian auf mich zu, kommt aus den Wellen geschritten. Und trägt einen weißen Kaninchenfellmantel.

Ist das nicht wunderschön? fragt sie lächelnd. Ist das nicht erfrischend?

SERIE PIPER

Karin Fossum

Evas Auge

Roman. *Aus dem Norwegischen von Gabriele Haefs. 368 Seiten. Serie Piper*

Könnte sie als Prostituierte ihr Geld verdienen? Für die junge, bislang erfolglose Malerin Eva Magnus stellt sich diese Frage, als sie ihrer Jugendfreundin Maja begegnet. Diese ist der lebensfrohe Beweis dafür, wie man durch Anschaffen zu viel Geld kommt. Eva beginnt ihre Lehre: Durch einen Türspalt läßt Maja sie dabei zusehen, wie sie einen Kunden empfängt. Aber es kommt zu einem Streit, und die Voyeurin im Nebenzimmer bleibt mit der Leiche der Freundin zurück. Der sympathische Kriminalkommissar Sejer, der in dem Mordfall ermittelt, ahnt, daß die junge Künstlerin mehr zu erzählen hat, als sie aussagt, und Eva muß befürchten, daß der Mörder um die Zeugin weiß.
Ein ungemein spannendes Drama um eine junge, alleinerziehende Frau.

»Mit ›Evas Auge‹ liegt weit mehr vor als ein ausgezeichneter Kriminalroman.«
Bayerischer Rundfunk

Karin Fossum

Fremde Blicke

Roman. *Aus dem Norwegischen von Gabriele Haefs. 352 Seiten. Serie Piper*

Still und schwarz liegt der Schlangenweiher, eingebettet in die Hügel der grünen Fjordlandschaft, als Hauptkommissar Konrad Sejer am Ufer die junge Annie Holland findet. Sie ist ermordet worden, und niemand in dem kleinen norwegischen Dorf kann sich erklären, weshalb. Denn Annie galt als liebenswert und äußerst hilfsbereit. Doch als der wortkarge Konrad Sejer mit Beharrlichkeit und feinem Ohr für die Mißtöne in der Dorfgemeinschaft Annies letzte Wochen rekonstruiert, stellt sich heraus, daß sie sich in dieser Zeit sehr verändert hatte – sie war plötzlich tieftraurig, wankelmütig und launisch geworden. Und dann stößt Sejer auf einen zweiten tragischen Todesfall in der Gemeinde, der erst wenige Monate zurückliegt ...

Karin Fossum

Wer hat Angst vorm bösen Wolf

Roman. Aus dem Norwegischen von Gabriele Haefs. 320 Seiten. Serie Piper

Die norwegische Bestsellerautorin ist für deutsche Leser spätestens seit ihrem Erfolgsroman »Fremde Blicke« kein Geheimtip mehr. Der neue Fall für Kommissar Sejer rankt sich um einen jungen Mann aus der Psychiatrie, der zum wohlfeilen Verdächtigen für einen Mord wird. Ein vielschichtiger Fall, in dem sich das Schicksal dreier hilfloser Täter tragisch verbindet.

»Und wenn auch Kommissar Sejer sich damit abfinden muß, daß manche Rätsel im Leben ungeklärt bleiben, so weiß der Leser zum Schluß mehr. Unter anderem auch, daß Karin Fossum verdammt spannend, furchtlos und poetisch erzählt.«

Norddeutscher Rundfunk

Karin Fossum

Dunkler Schlaf

Roman. Aus dem Norwegischen von Gabriele Haefs. 263 Seiten. Serie Piper

Sie gehört zu den Meisterinnen ihres Genres: die Norwegerin Karin Fossum. In diesem packenden Kriminalroman recherchiert der wortkarge Kommissar Konrad Sejer den Fall der sonderbaren Irma Funder: In deren Keller liegt ein sterbender junger Mann – und für Sejer beginnt ein Wettlauf gegen die Zeit, den er nicht gewinnen kann ... Ein fesselndes Psychogramm, in dem sich die Grenzen zwischen Opfer und Täter immer mehr verwischen.

»Seit Jahren schon erweist sich Karin Fossum mit ihren anspruchsvollen, lebensklugen Sozialthrillern als ebenbürtige Kollegin von Henning Mankell.«

Der Spiegel

SERIE PIPER

Karin Fossum

Stumme Schreie

Roman. Aus dem Norwegischen von Gabriele Haefs. 318 Seiten. Serie Piper

In dem abgelegenen Flecken Elvestad sieht sich der wortkarge und sensible Kommissar Konrad Sejer mit dem Fall einer grausam zugerichteten Frauenleiche konfrontiert. Niemand kennt die Fremde. Sejers Ermittlungen führen in eine geschlossene Gemeinschaft, die von guten Absichten und zerstörerischem Haß geprägt ist. In meisterhafter Sprache erzählt Karin Fossum vom Mord an der schönen Inderin Poona. Ein poetischer und fesselnder Roman, der zum Besten gehört, was die norwegische Kriminalliteratur zu bieten hat.

»Die Geschichte ist intelligent konstruiert, ohne Klischees, ruhig erzählt und dennoch höchst spannend.«
Norddeutscher Rundfunk

Karin Fossum

Schwarze Sekunden

Roman. Aus dem Norwegischen von Gabriele Haefs. 300 Seiten. Serie Piper

Die schwarzen Sekunden der Septembernacht dehnen sich unerträglich, während Kommissar Sejer verzweifelt die verschwundene Ida Joner sucht. Ist der autistische Emil Johansson ihr unergründlicher, grausamer Mörder? Psychologische Finesse und höchste Spannung prägen den neuen Kriminalroman der preisgekrönten Autorin Karin Fossum.

»Meisterhaft schildert Karin Fossum die Katakomben der menschlichen Psyche. Ein Nervenzerrspiel, dessen Plot über die letzte Seite hinaus verstört.«
Facts